과학과 우리들의 행복한 만남 2011

【KAIST 학생 수상 작품집】

과학과 우리들의 행복한 만남 2011

제3회 KAIST 과학 글쓰기 대회 수상 작품집

박성윤/고혁주/배휘동/윤수현/조재형/원소연/강우재/김기덕/김다은/김민유/김봉준/김연수/김정연/김지나/김필재/박준우/윤진희/이혁준/이현정/현우진/현은정

우리 사회에서 과학과 글쓰기는 서로 어울리지 않는 조합이라는 편견이 강합니다. 일제강점기에 시작된 문과, 이과라는 비정상적인 학문 구분으로 과학자는 수식과 도표로 소통할 것이라는 선입견이 견고히 뿌리내린 까닭입니다. 수학과 과학에 재능을 보이는 학생은 이과로, 언어와 사회에 재능을 보이는 학생은 문과로 진로를 선택하는 것이 한국에서는 상식인 것이 사실입니다. 그러나 글쓰기는 인문사회 계열 전공자뿐만 아니라 이공계 전공자 또한 갖추어야 할 지식인으로서 보편적인 능력입니다.

사실 과학과 글쓰기가 그다지 동떨어진 영역은 아닙니다. 과학자가 갖추어야 할 가장 기본적인 소양은 창의성입니다. 자연 현상을 새로운 시각으로 관찰하고 끊임없이 새로운 질문을 던지는 것이 과학자의 임무입니다. 바로 그 창의성은 글쓰기에서 가장 필요로 하는 능력이기도 합니다. 세계를 새로운 시각으로 관찰하고 끊임없이 새로운 질문을 던진다는 점에서 과학과 글쓰기는 동일한 뿌리를 가지고 있는 셈입니다.

그러한 인식에서 KAIST 문화과학대학은 미래 한국과 인류의 과학기술을 선도해 나갈 과학도들에게 인문학적 소양과 글쓰기 능력을 길러주기 위해 지속적으로 노력해 왔습니다. KAIST 과학 글쓰기 대회도 그러한 노력 중 하나입니다. 제3회 과학 글쓰기 대회 고등부에는 총 138개 학교에서 491명의 학생들이 작품을 투고하였고, 우수상 5명, 장려상 35명이 수상하였습니다. 일반부에는 대상 1명, 우수상 4명, 심사위원 특별상 1명, 장려상 15명이 수상하였습니다.

제3회 과학 글쓰기 대회 수상 작품집 『과학과 우리들의 행복한 만남 2011』에는 고등학생 작품 40편과 대학생 작품 21편 총 61편의 작품이 수록되어 있습니다. 한국과 인류의 미래를 짊어지고 나갈 과학도들은 무엇을 꿈꾸고, 무엇을 생각하고 있는지 독자 여러분들과 함께 나눌 수 있게 된 것을 기쁘게 생각합니다.

2011년 12월 30일
KAIST 인문사회과학연구소장 겸 문화과학대학장 김 동 원

차 례

대상

박성윤

우수상

고혁주

배휘동

윤수현

조재형

심사위원 특별상

원소연

장려상

강우재 김기덕 김다은

김민유 김봉준 김연수

김정연 김지나 김필재

박준우 윤진희 이혁준

이현정 현우진 현은정

과학과 우리들의 행복한 만남 2011

닥터 장

박성윤 / KAIST 물리학과 2008학번

| 닥터 장 |

박성윤 _ KAIST 물리학과 2008학번

한국과학기술원 바이오및뇌공학과에는 닥터 장이라 불리는 젊은 교수가 한 명 있었다. 결혼을 늦게 한 그는 아내를 무척이나 사랑해 바쁜 연구 활동 가운데에도 주말이면 함께 여행을 떠나곤 했다. 그의 아내는 아름다웠으며 쾌활하고 명랑했다. 그런가 하면 그의 연구를 이해하고 든든히 내조해 줄 만큼 영리하기도 했다. 연구는 순조롭게 진행되었고 아내는 늘 아름다웠다. 들뜬 마음으로 외출하던 어느 주말 밤, 그의 아내에게 치명적인 사고가 발생하기 전까지, 그는 자신이 세상에서 가장 행복한 사내임을 믿어 의심치 않았다.

아내가 눈을 굴려 장을 올려봤다. 여전히 아름다웠으나 양 볼에 붉은 빛으로 가득 차던 명랑한 기운은 사라진지 오래다. 아내는 아무 말도 하지 않았다. 다만 크고 아름다운 눈에 눈물을 가득 담아 그를 올려볼 뿐이었는데, 그는 아내의 미안한 눈빛이 싫었다.

"괜찮아. 모든 게 다."

그가 말했다. 아내의 눈꺼풀이 파르르 떨렸다. 떨리는 눈꺼풀은 아내의 몸 중 유일하게 살아있는 부분이었다. 그날의 그 악몽 같은 사고는 아내의 몸에서 움직임을 빼앗아갔다. 스키장에 가려고 눈 덮인 대관령

산길을 넘던 밤의 사고였다. 아내는 스키를 무척이나 잘 탔다.

수액을 통해 영양분은 끊임없이 공급되었다. 병실 안의 산소도 충분했다. 봄날의 볕은 따스했다. 그러나 그의 아내는 죽어가고 있었다. 아내의 손을 잡은 죽음의 흔적은 오랫동안 누워있어 욕창으로 썩어 들어가기 시작한 엉덩이의 세포가 아니었다. 그것은 절망이었다. 병실 천장의 얼룩무늬를 세는 것이 자신이 할 수 있는 유일한 일이라는 현실에 아내는 절망했다. 밝게 빛나던 두 눈에는 한없는 우울과 무기력만이 자리하고 있었다. 병실 안으로 들어서는 그를 보며 잠시 생기로 반짝이던 눈은 이내 그의 시선을 회피하며 감겨버리는 것이다. 장은 자신이 아내를 위해 무엇인가를 해야 한다고 느꼈다.

장은 건조한 일상을 사는 말재주 없는 수많은 공대 교수 중 하나였지만 아내의 즐거움을 되찾아 줄 어떤 것을 갖고 있었다. 아직 시험단계이지만 장은 그것을 사용하기로 결심했다. 그는 아내의 후두골 뒤에 작은 전선을 붙였다. 그리고 아내에게 머리의 절반을 덮는 헬멧을 씌워주었다. 전선과 이어진 컴퓨터 안에는 가상세계의 그와 그의 연구실 학생들이 숨 쉬고 있었다. 그것은 지난 십이 년 간 그가 연구한 모든 것이었다. 아내는 매우 만족해했다. 엉덩이는 계속 썩어 들어가고 제 기능을 잃은 다리는 뼈만 드러내 앙상해졌지만 그녀의 눈은 다시 빛나기 시작했다. 그가 병실에 들어오면 그녀는 아이 키보드를 이용해 그에게 말했다.

"오늘도 당신 덕분에 행복했어요. 정말 사랑하는 것 아시죠?"

그러고는 가상 세계에서 그와 어디를 여행했고 무슨 말을 했는지 힘겹게 눈동자를 굴리면서 보고하는 것이다. 그럴 때면 장은 자신이 창조한 세계에 무척이나 보람을 느꼈다.

곧 죽을 것만 같았던 아내는 다시 살아가고 있었다. 바짝 마른 장작같이 누워있어도 반짝이는 아내의 두 눈은 여전히 사랑스러웠다. 연구 또한 막바지에 접어들고 있었다. 그러나 늦은 밤 연구를 마치고 텅 빈 집에 들어올 때, 장은 뱃속 깊은 곳에서 무언가가 꾸물거리며 올라 올 것 같은 답답함을 느꼈다. 장식장 안의 양주가 비어갔다. 술에 취한 밤이면 장은 택시를 잡아타고 아내의 병실을 찾았다. 그리고 하얀 침대 위에 시체처럼 누워 자고 있는 아내를 물끄러미 바라보았다. 아내의 둥글었던 어깨, 그 아래 봉긋이 솟아있던, 지금은 융기의 흔적만이 남아있는 가슴, 살가죽이 늘어진 허리를 천천히 만졌다. 아내는 눈을 감고 있었다. 아무 것도 느끼지 못했다. 몸을 돌렸다. 아내가 잠에서 깨어나면 다시 그를 올려 볼 것이다. 그러나 사랑스런 눈빛 외에 아내가 장에게 줄 수 있는 것은 아무것도 없었다. 그것은 장 또한 마찬가지였다. 장은 하루 종일 아내와 함께 했지만 아내의 힘겨운 보고 없이는 자신이 아내와 한 일을 알지 못했다. 문득 거울을 봤을 때, 그는 자신이 점점 투명해지고 있다고 느꼈다.

한연수, 그녀는 장의 학생이자 장이 만든 가상세계 속 유일한 여성이었다. 언젠가 그녀가 셔츠의 단추를 세 개 풀고 연구실에 왔을 때 장은 참을 수 없는 갈증을 느꼈다. 그녀는 실험 결과를 책상에 올려놓으며 허리를 살짝 굽혔는데 그때 머리카락 몇 올이 흘러내려 풀린 셔츠 깃 사이에 어지러이 흩어졌다. 그녀는 흘러내린 머리를 쓸어 올리며 생긋 웃었다. 반짝이는 머리카락이 물결처럼 출렁였다. 그녀는 이내 자기 자리로 돌아가 실험에 쓰이는 전선을 부지런히 매만졌는데, 매끈한 손끝에는 핑크빛으로 반짝이는 매니큐어를 발랐다. 길게 늘어지는 머리가 거추장스러운지 그녀는 몇 번씩이나 손을 멈추고 머리를 뒤로 넘겼다. 그녀의 손이 머리를 넘길 때마다 핑크빛 매니큐어가 그녀의 쇄골에, 흰 목덜미에 닿았다 떨어지고는 했다. 그녀는 옷을 꼭 끼게 입는 습관이 있었다. 월요일이면 단추를 푼 셔츠를 입었고, 화요일부터 목요일까지는 골반의 모양을 온전히 드러내는 청바지에 색이 있는 티셔츠를 입었다. 금요일은 특별히 치마를 입고 한껏 멋을 냈지만 사실 항상 같은 치마여서 장은 연구원의 월급이 많지 않다는 것을 새삼 느꼈다.

아내는 점점 말라갔다. 링거액속의 영양분은 사람을 살찌우기에는 부족했나보다. 녹색 줄이 그어진 병원복이 너무 커서 아내의 몸에서 겉돌았다. 아내의 병실에서 장은 말없이 아내의 목에 착 달라붙은 쭈글쭈글한 가죽과 마른 잔디 같은 머리카락, 노랗게 뜬 손톱을 바라보곤 했다. 그리고는 갑자기 무엇에 놀란 듯 고개를 저으며 아내를 목욕시켰다. 아내는 그런 장을 물끄러미 바라볼 뿐이었다. 어느 날 아내를 목욕시키던 장은 불쑥 아내에게 물었다.

"매니큐어를 발라줄까?"

그리고는 거울에 서린 김을 닦아냈다. 김이 걷히고 아내의 모습이 보였다. 아내는 눈을 질끈 감았다. 그리고 다시는 눈을 떠 그를 바라보지 않았다.

전선 뒤의 세계로 넘어간 아내가 돌아오지 않은지도 2주일이 지났다. 지난 2주간 장은 병실 침대 위에 눈을 꼭 감은 아내를 보며 지난 달 병원비 청구서와 간병인의 월급을 생각했다. 김이 서려 흐릿한 거울에 비춘 아내의 쭈그러든 살가죽을 생각했다. 전선 뒤에서 아내와 즐거운 시간을 보내고 있을 닥터 장을 생각했다. 또다시 뱃속에서 벌레가 꿈틀거리듯 불편한 기분이 느껴졌다. 쫓기는 사람처럼 병실을 나왔다.

"월평동 무지개 아파트, 아니 그냥 과기원으로 가주세요."

목적지를 바꾼 것은 장식장 속 빈 양주병처럼 텅 빈 현관에 생각이 미쳤기 때문이다. 연구실이라고 뭐 다를 것이 있으랴 싶지만은 오늘은 왠지 연구실에 가고 싶었다.

"어머, 교수님이 이 시간에 무슨 일이세요?"

학생 몇 명이 아직 남아 연구를 하다가 깜짝 놀라 일어섰다. 그중에 한연수도 보였다. 반짝이는 분홍 손톱이 보였다. 꾸물거리던 뱃속의 벌레가 잠잠해졌다.

갑작스레 결정된 술자리에 얼떨떨한 것도 잠시, 자리는 곧 떠들썩해졌다. 한연수는 매끈한 손을 들어 술잔을 잡았다. 술이 넘어갈 때 그녀의 머리도 뒤로 젖혀졌다. 그 아래 가녀린 목이 하얗게 빛났다. 장은 갑자기 목이 말라 테이블 위의 물을 벌컥 들이켰다. 옆에 앉은 학생에게 술값을 적당히 쥐어 주고 밖으로 나섰다. 어은동의 밤공기는 차가웠다. 그러나 술기운 탓에 장은 조금 덥다고 생각했다. 빈 연구소까지 걸어 들어가며 장은 수없이 고민했다.

'내가 지금 하려는 행동은 아내를 배반하는 것인가. 그렇다. 그러나 나는 2주전 아니, 그보다 훨씬 전, 아내의 손톱에서 분홍 매니큐어를 떠올릴 때부터 그녀를 배신했다. 이미 배신자인 나를 망설이게 하는 것은 무엇인가.'

장은 문득 가상세계에서 자신의 의지로 한연수를 불러내 사랑을 나눈다면 그것이 강간죄 또는 간통죄에 해당하는 것인지 궁금해졌다. 하지만 장의 이런 고민은 필요 없었던 게 이토록 정교한 가상세계라는 것은 유례없는 것이었고, 때문에 이와 관련한 법도 아직 만들어지지 않았기 때문이다. 그럼에도 장을 고민하게 하는 것은 장이 초등학교에 들어갔을 때부터 꾸준히 들어온 양심이란 말이었을 것이다.

욕망 앞에서의 고민은 부질없다. 연구실로 들어서서 몇 대의 컴퓨터와 뒤엉킨 전선들을 보는 순간 장의 고민도 물거품처럼 사라졌다. 만약 이성의 끈이란 게 실재한다면 장은 그것이 끊어질 때 나는 '톡'하는 소리를 들을 수 있었을 것이다. 장은 컴퓨터 앞에 쪼그리고 앉아 엉킨 전선의 끝을 뒷머리에 연결했다. 컴퓨터의 전원을 켜고 눈을 감았다.

"교수님 안녕하세요?"

한연수, 연구실 문을 열며 그녀가 걸어 나왔다. 터질 것 같은 청바지에 빨간 체크무늬 셔츠를 입은 모습이었다. 체크무늬 셔츠 위의 단추 세 개가 풀려있었다. 분홍색 빛나는 손톱이 그의 머리를 쓸어 넘겼다.

시끄럽게 우는 새소리에 눈을 떴다. 어슴푸레 날이 밝아오고 있었다. 간밤에 연구실 구석에서 새우잠을 자느라 허리가 결렸지만 마음은 상쾌했다. 얼마 만에 맞은 개운한 아침인지, 장은 연구실 창문으로 들어온 햇빛에 감동했다.

"좋은 아침입니다. 어, 교수님 밤 새우셨어요?"

얼마를 그렇게 있었을까. 학생들이 들어왔다. 한연수, 그녀도 있었다. 급하게 나왔는지 머리가 젖어있었다. 대충 걸친 노란색 후드티를 보니 새벽이 되도록 술을 마시고 늦잠을 잤나보다. 아무것도 모르는 화장기 없는 얼굴을 보자 장은 가슴이 답답해졌다.

"일찍들 왔네? 그럼 수고해."

죄지은 사람처럼 도망치듯 연구실을 나섰다. 아내가 보고 싶었다.

아내는 여전히 장을 보지 않았다. 장은 문득 그토록 자랑스러웠던 자신이 창조한 세계를 파괴하고 싶었다. 주체할 수 없는 분노에 장은 아내의 옆에 주저앉아 흐느꼈다. 시간이 얼마나 지났을까, 장은 자신의 어깨를 두드리는 손길을 느꼈다. 아내의 담당 간호사였다. 그녀는 그를 깊이 동정했다. 그녀의 손에 이끌려나와 커피를 뽑아마셨다. 서서히 분노가 가라앉자 장은 심한 부끄러움을 느꼈다. 서둘러 집으로 돌아가려는 그를 그녀가 붙잡았다. 그녀는 늦은 밤까지 그를 위로해주었다.

여자는 참 이상했다. 그리고 쉬웠다. 장에게는 아무것도 주지 못하는 카이스트 교수라는 자리가 그들에게는 매력적으로 보이는 듯 했다. 사랑하는 아내에게 아무것도 해줄 수 없어 괴로워하는 젊은 교수에 그들은 눈이 멀었다. 그런 그들에게 '너에 대한 모든 것을 알고 싶어'라며 피 한 방울과 신상 정보쯤을 얻는 것은 일도 아니었다. 그들은 그렇게 장의 세계에서 재창조되었다. 늦은 밤 집에 들어가는 것이 더 이상 괴롭지 않았다. 그의 집은 비었지만 비지 않았다. 서로에 대한 책임이나 현실의 무게 없이 사랑을 나누는 일은 얼마나 매력적인 일인지, 자신과 자신의 세계를 연결하는 가는 전선을 손에 쥐고 장은 새삼 감탄했다.

장의 세계 속 여성은 14명, 이제 슬슬 지겨워지고 있었다. 장은 지금껏 자신이 경험하지 못한 전혀 새로운 만남을 원했다. 장은 가상현실 프로그램을 보급하기로 했다. 누구라도 자신의 정보를 제공하기만 하면 이용할 수 있도록. 장의 집으로 작은 아이스박스가 배달되었다. 박스 안에는 붉은 피가 담긴 실린더와 설문에 대한 답이 있었다. 첫 번째 거래자는 금발의 미국 여성이었다. 장은 그녀를 창조했고, 그녀에게도 프로그램의 인증키를 주었다. 소포는 거의 매일 배달되었다. 장의 세계에는 연예인도 있었고 외국의 스포츠 스타들과 유명 여 정치인도 있었다. 그들 모두는 이 책임 없는 세계의 가벼움에 열광하고 있었다.

장의 일과는 단순했다. 자신의 집으로 배달 온 수많은 혈액샘플과 신상명세서를 분석해 프로그램에 등록하고 인증키를 배부했다. 그리고 연구실이나 집 소파에 누워 그의 세계 안에서 수많은 만남을 즐기는 것이다. 그의 세계는 팽창할 대로 팽창해 이제 3만 3천명에 달하는 사람들이 그 안에서 숨 쉬고 있었다. 금발의 미녀도, 작고 귀여운 일본 소녀도, 미인도에서 걸어 나온 것 같은 중국 미녀도 모두 있었다.

장의 변화를 가장 먼저 눈치 챈 것은 그의 학생들이었다. 그들은 그들의 연구 결과가 유출되었다는 것을 알았다. 급하게 장과 상의하기 위해 장의 연구실 문을 열었을 때 장은 한창 브라질의 미녀들과 해변에서 바캉스를 즐기는 중이었다. 미녀의 탄력 있는 갈색 가슴이 그의 등에 닿았고 그는 낮은 한숨과 함께 짧은 신음을 뱉었다. 그가 막 손을 들어 미녀의 머리칼을 넘기려 할 때 세계가 사라졌다. 인상을 찌푸리며 눈을 뜨자 전선을 손에 든 학생들이 보였다. 발기한 그와 그에 연결된 전선을 번갈아보던 그들은 대강의 상황을 파악한 듯 했다. 그리고 그에게 자세한 설명을 요구했다. 특히 한연수는 분노해서 우선 자신의 데이터를 지울 것을 요구했다. 장은 갑자기 느껴지는 현실의 무게가 미칠 듯이 두려웠다. 책임 없는 욕망의 대가는 컸다. 컴퓨터와 프로그램에 접속할 수 있는 인증키, 미안하다는 말 한마디를 남긴 채 장은 연구실을 빠져나왔다.

오랜만에 들어선 병실은 낯설었다. 그리고 미칠 듯이 고요했다. 아내는 자고 있었다.

"미안해"

장은 자신이 무슨 말을 하는지도 모르는 채 계속 중얼거렸다. 간병인이 다가왔다.

"오랜만에 오셨네요. 왜 그동안 안 들르셨어요"

그는 그저 생명이 빠져나간 사람처럼 침대 옆에 털썩 앉아있을 뿐이었다. 그에게 간병인은 종이뭉치를 건네줬다.

"제가 인쇄해서 보관해놨어요. 일기에요. 보여드리지 말라고 했는데……. 하지만 또 언제 오실지도 모르니까."

그녀는 조심스레 말하다 병실 밖으로 나갔다.

아내의 일기에는 오타가 많았다. 맞춤법 틀리는 것을 극도로 싫어하던 아내였는데, 눈동자로 마우스를 조절하는 일은 쉽지 않았나보다.

'오늘도 그는 아무 말도 하지 않았다.'

일기의 첫 장은 그렇게 시작하고 있었다.

'오늘도 그는 아무 말도 하지 않았다.'

일기의 다음 장은 그렇게 시작하고 있었다.

'오늘도 그는 아무 말도 하지 않았다.'

다음 장도, 그 다음 장도 그는 아내의 일기가 마치 그의 죄의 기록처럼 느껴졌다.

'드디어 그가 입을 열었다. 나에게 매니큐어를 발라보는 게 어떠냐고 물었다. 나는 그의 연구원 중 한 명이 매니큐어를 즐겨 바르는 것을 알고 있다.'

아내는 그의 배신을 이미 알고 있었다. 그는 쉬지 않고 책장을 넘겼다. 배신당한 아내의 분노와 증오가 자신을 벌하기를 그는 간절히 바랐다.

마지막 종이가 넘어갈 때까지 그의 바람은 이루어지지 않았다. 그가 온 날에도, 오지 않은 날에도 아내는 그에 대한 걱정을 종이 위에 쏟아 놓았다.

"여보"

가만히 아내를 불러보았다. 그녀가 가상세계에 접속하지 않은 지 오래라는 사실은 이미 알고 있었다. 그녀는 일기에 실체 없는 그에게 실체 없는 사랑을 주고 싶지 않다고 썼다.

"은서야"

아내의 속눈썹이 살짝 떨렸다. 그녀의 감은 눈 사이로 새어나온 눈물이 오른쪽 볼을 타고 흘러내렸다. 장도, 아내도 아무 말도 할 수 없었다. 장은 그저 감각 없는 아내의 손을 쓰다듬고 또 쓰다듬었다.

한 달 사이에 프로그램은 모두 회수되었다. 3만 3천명에 달하는 가상 인물들의 데이터는 흔적도 없이 파기되었다. 학생들은 장을 연구 윤리 위원회에 제소했다. 장은 이 모든 변화를 일기에 담았다. 윤리 위원회에서 공청회가 열리는 날, 장은 아내의 병실을 찾았다. 준비해온 약을 입 속에 털어 넣고 아내의 산소 호흡기를 떼었다. 아내는 눈을 떠 모든 과정을 지켜봐 주었다. 그는 흔쾌히 약을 목 뒤로 넘겼다. 그것은 도피가 아니었다.

하얀 도화지에 그려질 그림은 2초면 충분하다

고혁주 / KAIST 경영과학과 2008학번

하얀 도화지에 그려질 그림은 2초면 충분하다

고혁주 _ KAIST 경영과학과 2008학번

살아온 시간이 얼마 되지 않았고, 앞으로 살아갈 날이 훨씬 더 많이 남은 나이지만, 25년이라는 시간을 살아오면서 한순간도 마음 편히 내 삶을 즐긴 적이 있었을까? 5초 이상 하늘을 바라볼 여유조차 없는 세월을 살아온 것이 카이스트를 다니는 학생들의 일반적인 모습 일 것이다. 며칠 전에 화제의 프로그램인 '나는 가수다'를 보았다. 7명의 가수들이 각기 나름대로 열창을 하며 청자들의 가슴을 울렸다. 그중에 나의 가슴을 울린 가수는 바로 인순이 였다. 인순이가 부른 곡은 故 김광석의 불후의 명목인 '서른 즈음에'였다. "또 하루 멀어져 간다.…… 내가 떠나보낸 것도 아닌데.…… 내가 떠나 온 것도 아닌데.…… 또 하루 멀어져 간다. 매일 이별하며 살고 있구나. 매일 이별하며 살고 있구나." 이 노래를 듣고 있던 나는 순간 가슴깊이 나도 느끼지 못했던 삶에 대한 허전함의 원인을 찾을 수 있었다. 물론 듣는 사람마다 각기 다른 해석이 있을 수 있지만, 나는 계속될 줄 알았던 청춘은 나를 기다리지 않을 것이고 서른이 되고 불혹의 나이가 되었을 때 서른은 다시 돌아오지 않을 것이기에 지금 이 순간 현재가 더욱 소중하게 느껴졌다. 이렇게 소중한 현재 이 순간이지만, 나는 지금 글을 쓰고 있는 이 순간조차 소중히 다루지 못하고 있었다. 얼마나 아름답고 행복한 순간인가. 도서관에서 책을 읽고 나의 생각을 적어나갈 수 있다는 것이 얼마나 행복한 시간들인가. 오늘따라 하늘이 보고 싶어져서 밖으로 나가 높은 가을하늘을 바라보았다. 늘 똑같은 하늘이지만 오늘따라 구름들이 낮게 내려와 더욱 예쁘게 생겼다. 하지만 이렇게 소중한 지금을 자유로이 만끽하고 싶어도 우리가 넘어야 할 현실의 벽들은 우리의 자유로운 영혼을 허락하지 않는다. 숱한 크고 작은 난관들이 나를 기다리고 있다. 이것은 인생을 살고 있는 사람이라면 누구나 겪고 있을 고충이기에 나 또한 하루하루 산을 오르고 내린다.

매일 똑같은 삶의 연속이라 생각할지 모르겠지만, 나는 조금 다르게 생각한다. 자신 앞에 놓인 인생의 산을 어떻게 넘고 있는가에 따라서 다른 삶을 살고 있는 것이다. 올라야 하는 산 앞에서 한참동안 멍하니 고민만 하는 사람도 있고, 오르기를 미루는 사람도 있을 것이며, 긍정적으로 오르는 사람도 있고, 남이 이끌어주어서 억지로 오르는 사람도 있을 것이다. 분명 다른 선택이고 행동들이다. 우리의 삶은 이렇듯 수많은 선택의 순간에 직면한다. 고등학생과 성인이 된 대학생은 분명 한 살 차이지만 너무도 많이 다르다. 성인이 된 나는 내가 스스로 선택을 해야 하는 권한과 책임이 동시에 주어졌다. 부모님 곁을 떠나 이제 내 인생의 진정한 주인으로 성장한 나는 가끔 내가 한 선택이 옳은 일인지조차 모르고 넘어갈 때가 많다. 이는 나의 인생을 거는 도박과도 같다. 불확실한 미래에 대한 정확한 분석과 확신 없이 어찌 되겠지 혹은 근거 없는 긍정의 힘으로 삶을 걸 때가 많다. 물론, 누군가 그랬다. "내가 죽을 때가 되니 가장 후회되는 것은, 시도하지 않았던 것에서의 후회입니다."라고 물론 선택을 회피하는 것보다야 낫겠지만, 순간적 판단에 대한 확고

한 믿음이 없이 살아가는 것이 과연 현명한 일인가? 하얀 도화지에 내 삶을 손수 그려나가는 내가 어떻게 그림을 그릴 것인지 그 방법을 알고 그린다면, 훨씬 섬세하고 아름다운 그림이 나오지 않을까?

이 어려운 질문에 정확한 답을 내려주는 건 신의 영역일지 모른다. 하지만 나의 질문에 대한 답에 최대한 근접한 사람이 있다. 바로 말콤 글레드웰이다. 말콤 글레드웰은 세계에서 가장 영향력 있는 작가 중 한 명이다. 그에 대한 수많은 평가가 있지만, 나는 그를 우리 인생을 살아가는데 수많은 불확실성을 극복하는 방법을 연구하는 사람이라고 평가하고 싶다. 그를 유명한 마케터라고 부르는 이도 있지만, 나는 그가 세계에서 가장 존경받는 과학자라고 생각한다. 조금 더 정확히 말하면 사회과학자이겠다. 정답은 없지만, 최대한 설득력 있게 객관적으로 수많은 자료와 사례를 통해서 통념을 뒤집고 우리가 직면한 문제들의 해결책으로 접근한다. 그리고 수많은 이들은 그의 말에 동의한다. 말콤 글레드웰의 글들은 우리 삶에 직면하여 있는 과학으로는 설명할 수 없는 일들에 대해 관찰과 분석을 통해서 설명해 나간다. 그의 수많은 저서가 있지만, 그중에서도 특히 20대 초반 삶에 대해 스스로 선택하는 것이 익숙지 않은 나와 나의 친구들에게 『블링크』라는 책을 소개하고 싶다.

현재 우리는 첨단 시대에 살고 있다. 과학과 기술은 나날이 발전한다. 인간이 만든 과학과 기술이지만 아이러니하게도 인간이 세상의 변화 속도를 따라가기에도 벅찬 상전벽해가 매일 일어나고 있다. 하지만 이러한 과학의 힘으로 안 되는 것이 없을 것 같은 요즘에도 우리는 과학이 우리 삶을 완전히 설명할 수 있다고 생각하지 않는다. 무언가 가슴 한구석에 허전함과 설명하지 못하는 영역이 존재한다. 바로 무의식의 영역이다.

모든 상황에 분석적 사고와 이성적 판단이 어울리는 것은 아니다. 서두에서도 말했듯이 우리는 살아가면서 무한한 선택의 기로에 서게 된다. 1초가 생사와 성패를 가르는 초고속 시대에 빠르고 정확한 판단력과 결정력은 필수 요소이다. 빠르고 정확한 판단력과 결정력은 의사결정의 질을 향상시킬 것이다. 그렇다면 어떻게 하면 조금 더 빠르고 정확하게 결정을 내릴 수 있을까? 말콤 글레드웰의 생각을 들어보면 그에 대한 해답이 있다.

그는 우리가 오랜 시간을 투입하면 할수록 좋은 성과가 있으리라는 뿌리 깊은 고정관념을 가지고 있다고 한다. 하지만 의식뿐만 아니라 무의식의 작동으로 이루어지는 순간적인 판단이 아주 중요한 역할을 수행할 수 있음을 보여준다. 그렇다면 언제 무의식의 본능을 믿고, 언제 경계해야 하며, 순간적인 무의식의 판단을 어떻게 관리할 수 있을까? 순간적인 판단 즉 통찰의 힘은 어디서 오는가? 가장 기본적인 방법을 1장에서 소개한다. 바로 '얇게 조각내기(thin-slicing)'이다. '얇게 조각내기'는 매우 얇은 경험의 조각들을 토대로 상황과 행동의 패턴을 찾아내는 우리 무의식의 능력을 말한다. 책에서 소개하는 한 예를 소개해보겠다.

몇 년 전 어느 젊은 커플이 위싱턴 대학의 심리학자 존 고트먼의 연구소를 찾아왔다. 맵시 있게 헝클어진 금발에 멋진 안경을 쓴 파란 눈동자의 20대 남녀였다. 남편 빌은 사랑스럽고 명랑한 사람이었고, 아내 수전은 표정 없는 얼굴로 예리한 재치를 구사하는 여성이었다. 잠시 후 그들은 어떤 주제라도 좋으니, 결혼 후 다툼거리가 되었던 문제에 대해 의견을 교환하라는 지시를 받고 15분 동안 카메라 앞에 남겨졌다. 당신이 이 15분짜리 비디오를 보고 수전과 빌의 결혼생활에 대해 얼마나 많은 것을 터득할 수 있다고 생각하는가? 과연 그들의 관계가 건강한지 그렇지 않은지 판별할 수 있을까? 고트먼은 놀라운 사실을 증명했다. 한 시간 동안 남편과 아내가 나눈 대화만 분석해도 그 부부가 15년 뒤에 여전히 부부로 살지 여부를 95퍼센트 정확도로 예측할 수 있었다. 결혼의 진실성을 일찍이 상상했던 것 보다 훨씬 짧은 시간 안에 파악할 수 있게 된 것이다. 고트먼은 우리에게 '얇게 조각내기'로 알려진 신속한 인식의 매우 중요한 부분에 대해 많은 것을 가르쳐준다.

'얇게 조각내기'는 특별한 재능이 아니다. 그것은 우리가 인간이기 위해 반드시 갖춰야 하는 중요한 능력 중 한 부분일 뿐이다. 우리는 새로운 사람들을 만나거나 뭔가를 재빨리 파악해야 하거나 새로운 상황에 마주칠 때마다 우리도 모르게 얇게 조각내어 관찰하기를 하게 된다. 그렇다면 순간적인 판단은 어떻게 이루어지는 것일까? 바로 경험에서부터 오는 것이다. 우리는 일생을 살아가면서 크고 작은 사건들로부터 경험이라는 소중한 선물을 받게 된다. 이러한 경험은 우리 두뇌의 무의식 영역에 꾸준히 축적되어 자신도 모르게 의사결정에 매우 중요한 역할을 하게 된다. 무의식은 우리 뇌의 슈퍼컴퓨터라고 할 수 있다. 경험이라는 선물은 우리 두뇌의 무의식 영역을 자극하고 개발해 낸다. 이러한 무의식의 영역은 우리의 느낌 혹은 직감이라는 형태로 표출되는데 경험이 쌓이면 무의식의 영역이 좋아져 직감의 정확도가 높아지는 것이다. 의식적으로 생각해서 결론을 내리는 의식의 영역의 사고 활동이 'Think'라면 경험으로 다져진 무의식 영역을 활용해서 결론을 내리는 무의식 영역의 사고 활동이 'Blink'인 것이다. 즉, 우리 뇌에는 우리도 모르게 무의식이라는 슈퍼컴퓨터를 달고 있는 것이다.

그렇다면 경험이 많은 무의식 영역에게 약점은 없는 것일까? 여기에도 말콤 글래드웰은 답하고 있다. 우리의 무의식 영역에게 가장 치명적인 바이러스는 '편견'이라 한다. 우리는 무의식적으로 편견을 계속해서 삽입하게 된다. 예를 들어, 우리는 간호사는 여자여야 한다는 편견이 있다. 남자 간호사는 어색하다. 하지만 간호사의 역할을 보면 환자를 옮기고 고된 육체적 노동이 많은 직업적 특성상 남자가 많이 필요함에 틀림없다. 하지만 남자간호사가 더 많은 외국에 비해 한국에서는 남자 간호사는 상당히 낯설다. '편견'은 무의식 영역에 침범해 있는 치명적인 약점이다. 따라서 무조건으로 경험이 많다고 해서 올바른 선택을 하는 것은 아니다. 따라서 올바른 판단을 위해서는 이러한 편견을 얼마나 잘 제거하느냐가 중요한 잣대가 되는 것이다.

현대 사회는 속도전이다. 얼마나 빠르고 정확한 의사결정을 내리느냐가 핵심으로 작용하게 되는데, 그런 면에서 말콤 글래드웰의 『블링크』는 가장 논리적으로 다양한 사례와 자료를 통해 쉽게 설명한다. 인생을 살아가면서 선택의 연속에 이제는 선택과 책임이라는 말이 낯설지 조차 않은 일이 되어가고 있지만, 한순간 선택은 우리의 인생을 결정하는 중요한 순간들이다. 올바른 선택을 하는 것은 오랜 시간 심사숙고한다고 해서 되는 것이 아니라는 통념을 뒤바꿔 놓은 그의 주장은 너무나도 설득력 있다. 무의식 영역은 불확실하며 명확하지 않기 때문에 항상 의식의 영역 속에서 헤어 나오지 못하였고, 그렇다고 뚜렷한 해답을 준적도 없는 의식의 영역에 너무 의지하며 살아오진 않았는지 깨닫게 해준다.

우리는 무의식이라는 슈퍼컴퓨터를 갖고 있다. 이 슈퍼컴퓨터의 성능은 경험에 비례하는데, 어른들이 다양한 경험의 중요성을 예로부터 강조해 온 것이 다 이유가 있는 일리 있는 말이었다. 넓고 다양한 경험을 통해서 우리의 무의식 영역을 확장한다면, 분명 우리 삶의 질은 올바른 선택들로 인하여 더 좋아질 것이다. 편견만 제거한다면 말이다.

좋은 과학자

배휘동 / KAIST 전산학과 2006학번

| 좋은 과학자 |

배휘동 _ KAIST 전산학과 2006학번

아주 어렸을 때부터 난 '좋은 과학자가 되어 한국 최초로 노벨상을 수상한다'는 꿈을 꾸었다. 그 꿈은 초등학생 때 KAIST 드라마를 보고 나서 'KAIST에 입학하여 좋은 과학자가 되어……'로 바뀌었고, 중학생 때 <엘러건트 유니버스>를 읽고 나서는 'KAIST에 입학하여 훌륭한 이론물리학자가 되어……'로 바뀌었다. 내 미래는 단순했다. "과학 경시 공부-과학고등학교 입학-KAIST 입학-훌륭한 이론물리학자(좋은 과학자)-노벨상 수상" 왜 과학자가 되고 싶은지, '좋은' 과학자나 '훌륭한' 이론물리학자가 어떻게 될 것인지, 왜 노벨상을 타고 싶은지, 타고 나서는 무얼 하고 싶은지…… 같은 고민은, 한 적 없었다. 물론 KAIST에 왜 가야 하는지에 대한 의문도 품지 않았다. 중학생 때의 난, 그저 내 꿈의 첫 구절인 'KAIST 입학'을 향해 부모님이 깔아준 레일 위에서 바쁘게 달리고만 있었다.

부모님의 전폭적 지원을 받으며 공부만 팠던 나는 2003년 3월 한국과학영재학교 1기로 입학했다. 신입생들이 강당에 모여 앞으로의 자기 계획을 발표하는 자리에서도, 난 'KAIST에 가서 훌륭한 이론물리학자가 되어 한국 최초로 노벨상을 수상'하겠다는 꿈을 당당히 말했다. 그러나 나의 당당함은 단 1년 만에 산산이 부서졌다. <엘러건트 유니버스>는 그토록 아름다워 보였던 물리학 이론이 복잡한 미분방정식으로 표현된다는 걸 알려주지 않았다. 부모님은 내가 직면할 수많은 천재들과의 경쟁에 대해서 말해주지 않았다. 난 좋은 과학자가 되고 싶었다. 하지만 왜 되고 싶은지, 어떻게 될 건지, 되고 나면 뭘 할지는 생각하지 않았다. 멍하니 뛰다가 조그만 돌 몇 개에 넘어져서는, 그대로 주저앉아 날 넘어지게 만든 세상에서 도망쳤다. 게임도 하고 만화책도 보고 도박도 했지만, 현실도피에는 판타지 소설이 최고였다. 당연히 성적은 바닥이었다. 부모님은 놀라고, 혼내고, 격려하셨지만, 시험을 쳤을 때와 성적표가 나왔을 때 잠깐 후회할 뿐, 계속해서 놀았다. 그토록 당당히 말했던 노벨상 수상이라는 꿈은 이제 서울 하늘의 별 마냥 흐릿하여 보이지 않았다.

과학영재학교 1기라는 타이틀 덕분이었을까. 2006년 3월, 나는 어떻게든 KAIST에 입학할 수 있었다. 후회와 다짐을 반복하면서도 끝없이 놀고만 있는 스스로를 보며 거의 사라졌던 자신감과 자존감도 조금 되살아났다. '이젠 열심히 공부해야지. 전공은 어떡할까? 난 미적분이 정말 싫은데. 고등학교 때 C++ 프로그래밍이 재미있었지. 이걸로 할까? 컴퓨터공학은 미적분을 별로 쓰지 않겠지?' 정도가 새내기 때 내 생각이었다. 이때의 내겐 꿈이 없었다. 훌륭한 이론물리학자라는 꿈은 미분방정식에게 깨졌고, 노벨상 최초 수상이라는 꿈은 자신감과 자존감이 사라지며 함께 스러졌다. 남은 건 막연하게나마 '좋은 과학자'가 되겠다는 것 정도. 당연히 그 정도 마음가짐으로는 아무 것도 나아지지 않았다. 나는 이미 판타지소설의 말초적 자극에 심하게 빠져있었다. 고등학교 때와 똑같이 후회와 다짐 사이에서 노는 모습을 보다 못한 부모님이 KATUSA

지원을 권유하셨고, 몇 달 뒤 어머니의 전화를 받고서야 합격했음을 알았다. 경쟁률이 6:1이 넘는 상황에서 얻은 행운이었지만 당시의 내겐 별로 상관없었다. 스스로가 너무 한심해서 술, 담배, 자살까지 생각하던 때였으니 군대 따위가 대수였겠는가.

2007년 7월, 어머니의 눈물을 뒤로한 채 논산훈련소에 입소했다. 아이러니하게도 이때가 내 삶에서 처음으로 진정한 자유를 얻은 순간이었다. 육체적으로는 구속당했지만, 내 정신을 옭아매던 판타지 소설의 공상세계에서는 풀려났다. 바깥세상과 완벽히 단절되고 나서야 비로소 온전히 내 자신에 집중할 수 있었다. 나는 지금까지 어떻게 살아왔는가? 나는 누구인가? 나는 앞으로 무엇을, 어떻게, 왜 이룰 것인가? 난 KATUSA로서 개인시간을 많이 가질 수 있었고, 철학, 사회학, 정치학, 경제학, 그리고 글쓰기를 열과 성을 다해가며 공부했다. 2년간 메모장 두 개 반과 노트 세 권이 내 글씨로 채워졌다. 자아를 확립하고 인생 목표를 세우기 위한 즐거운 노력이었다. 메모장에 의하면, 난 2008년 8월 즈음부터 나만의 인생 목표를 세우고 다듬기 시작했던 것 같다.

항상 '이번만큼은 내가 진짜 하고 싶은 걸 찾았다!'고 생각했지만 그것도 곧잘 바뀌었다. 어쨌든 지금은, 더 좋은 세상을 만들고 싶다. 목표가 무엇이든 그걸 향해 끊임없이 정진하고 고민하는 게 중요하다는 걸 명심하자.

진부했지만 처음으로 마음에서 우러나온 목표를 세우고 나니 삶을 대하는 태도도 달라졌다. 난 이 목표를 다듬고자, 아니 스스로 만든 목표에 그저 들떠서, 많은 사람과 만나 내 삶을 말하고 그들의 삶을 들었다. 맨날 재미없게 진지한 얘기만 한다고, 네가 무슨 철학자냐는 소리도 들었지만, 대화라는 게 참 즐겁다는 것과 나와 다른 의견을 가진 사람의 이야기는 더욱 재미있다는 것을 이 때 알았다. 목표라는 것이 삶에서 얼마나 중요한지도 이 때 알았다.

제대 후, 2009년 9월에 복학하자마자 전산학과로 등록했다. 왜 전산학이었나? 새내기 때처럼 '미적분이 싫어서'가 아니라, 전산학에 매력을 느꼈기 때문이었다. 물리학, 화학, 생물학 등과 달리 전산학은 '인간이 만든' 컴퓨터에 대해 연구하는 것이니, 노력만 하면 내가 궁금해 하는 모든 문제가 명쾌하게 풀리리라 믿어서였다. 실은 좋은 세상만 만들 수 있다면 전공이 무엇이든 상관없으니 '그냥 내가 재미있었던 것, 잘할 수 있는 것을 하자'는 마음이 더 컸다. 실제로 공부해 보니 모든 문제가 명쾌히 풀리리란 믿음은 바로 깨졌지만, 전산학은 재미있는 학문이었다. 게다가 이 공부가 좋은 세상을 만들기 위한 수단도 되어줄 것 같아 기뻤다. 보아하니 세상은 바야흐로 웹 2.0, 세계화와 정보화의 시대. 인터넷에서 좋은 정보를 잘 얻어내 잘 활용하는 사람이 성공하는 것으로 보였다. 나는 이 관찰로부터 다음과 같은 일련의 사고를 거쳤다.

컴퓨터를 통해 인터넷에 접근하여 정보를 얻어낼 수 있느냐의 여부가 삶의 질에 큰 영향을 미친다. 그런데 아프리카나 남미 등은 말할 것도 없으며, 인터넷 최강국이라는 우리나라조차 수많은 사람들이 컴퓨터를 쓸 수 없는 환경에 있다. 왜? 컴퓨터가 비싸니까. 그러면 컴퓨터의 가격은 어떻게 낮출까? 똑같은 부품과 똑같은 프로그램을, 즉 똑같은 자원을 더 좋은 효율로 돌릴 수 있도록 만들면, 같은 가격에 더 좋은 컴퓨터를 만들 수 있다. 그러니 난 컴퓨터의 자원 관리와 효율 증대를 주제로 연구하여, 좋은 컴퓨터가 싸게 공급되도록 해야겠다.

나는 '컴퓨터의 자원 관리와 효율 증대를 연구하여' '좋은 컴퓨터가 싸게 공급되도록 함으로써' '가난한 사람들이 인터넷에 쉽게 접근할 수 있게 하면' '그 사람들의 삶의 질이 크게 올라갈 것'이라고 믿었고, 이것이 내가 생각한 '좋은 세상 만들기'의 수단이었다. 고백하자면 이 때 즈음 난 상당히 우쭐한 상태였다. 그럴듯한 인생 목표도 세웠고, 구멍 났던 학점도 많이 채웠고, 부모님의 신뢰도 회복했고. 난 내가 아주 잘 살고 있다고 생각했다. 2011년 6월, 우연한 호기심으로 농활에 참가하기 전까지는 그랬다.

6월 26일부터 7월 3일까지 충남 보령에서의 8박 9일. 농사일은커녕 시골에서 살아본 적도 없었던 내게 이 짧은 시간은 큰 충격이었다. 난 가난한 사람들이 행복하게 살 수 있는 세상을 꿈꾸었던 주제에, 정작 우리나라에서 소득이 아주 낮은 집단에 속하는 농민들이 어떻게 살아가는지는 전혀 몰랐던 것이다. 책으로, 인터넷으로, 머리로 알았던 농민의 삶이 실제 삶과 크게 다르지는 않았다. 다만 몇 년간 머리로 얻은 지식을 8시간 동안 포도밭에서 순을 따면서 체화하며, 헛똑똑이의 어리석음에 부끄러웠을 따름이다. 하루 8~10시간의 노동, 중간 중간의 꿀 같은 새참, 마을 어르신들께 미숫가루 배달, 어머니들께 안마와 팩 해드리기, 농민집회 참여, 마을 신문 만들기, 마을 잔치에서 다 같이 춤추기. 농민의 삶을 조금이나마 경험하고 그 분들과 함께 일하면서, 나는 인생 목표에 대해 다시 생각하게 되었다. 이때까지 난 좋은 컴퓨터를 제공하면 당연히 삶의 질이 높아지리라 생각했다. '좋은 컴퓨터를 싸게 공급하여 컴퓨터/인터넷 접근성을 높이면 삶의 질이 높아진다'에서 '공급하여'와 '컴퓨터/인터넷 접근성' 사이의 연결이 너무나도 자연스러워 보였다. 그런데 그게 아니었다. 농촌에도 컴퓨터는 있었다. 6~70대의 나이에 하루 10시간씩 중노동을 하고 쓰러져 자는 농민들에게는, 컴퓨터를 쓸 시간도 이유도 없었을 뿐이다. 그러니 컴퓨터를 잘 쓰려고 뭔가를 배울 필요도 없다. 웹이니 소셜이니 하는 것들은 먼 나라 이야기다. 아무리 싸고 좋은 컴퓨터를 만들더라도 사람들이 쓸 줄 모르고, 쓰지 않으면 말짱 꽝이라는 단순한 사실을 그제야 깨달았다. 컴퓨터를 하나의 '기술'로 볼 때, 사람들이 쓰지 않고 쓸 수 없는 기술은 '좋은 기술'이라고 할 수 없다는 생각도 하게 되었다.

나는 요즘 '어떤 과학자가 좋은 과학자인가'를 다시 생각한다. 아주 어려운 문제를 풀고, 대단한 기술을 개발하는 과학자가 좋은 과학자인가? 그러면 사람들이 그 기술을 쓰지 않거나 쓸 줄 몰라서, 극히 소수만이 그 기술로 큰 혜택을 얻는다면 어떨까. 그는 좋은 과학자일까? 몇몇 부패한 정치인들만 잘 써서 돈을 많이 벌게 하는 시스템을 개발했다고 하면 아무도 그를 좋은 과학자라고 말하진 않을 것 같다. 나는 훌륭한 기술을 개발하고, 그 기술의 혜택을 최대한 많은 사람들이 누릴 수 있도록 하는 것이 좋은 과학자의 요건이라고 생각한다. 한 마디로 '기술 혜택의 민주주의'를 실천하는 사람이다. 실천 방법은 많다. 싸고 좋은 컴퓨터를 공급하여 기술 혜택을 누릴 수 있는 환경을 구축할 수도 있고, 쉽게 배우고 쉽게 쓸 수 있는 디자인을 고안할 수도 있으며, 새로 나온 혁신적인 기술에 대해 지속적으로 홍보할 수도 있다. 기술을 잘 사용하는 법을 가르칠 수도 있다. 좋은 과학자가 어떤 과학자인지 많은 사람들과 토론해볼 수도 있을 것이다. 이런 여러 가지 일들을 하는 나를, 좋은 과학자가 된 나를 상상할 때면 아주 기분이 좋다.

어릴 적, '좋은 과학자'라는 꿈을 꾸었다. 그러나 그 꿈은 내가 아닌 부모님이 대신 꾸었던 것이었다. 부모님의 우산에서 벗어나, 몰아치는 태풍을 원망하며 목표 없이 쓰러져 허우적대다가 그 꿈을 잃어버렸다고 생각했다. 그런데 홀로 서서 삶의 목표를 설정하고 내 길을 나아가다 보니, 분명 모양새는 크게 다른데 이 길이 내가 꿈꾸었던 그 길로 보인다. 오랜 방황 속에서 버려졌다고 느꼈던 꿈이 깊은 성찰과 고민 끝에 다시 되돌아온 걸 보면 삶이란 참 오묘하고 즐겁다. 앞으로도 삶의 목표는 조금씩 변할 테지만 좋은 과학자가 되어 좋은 세상을 만든다는 꿈 자체는 변하지 않을 것이다. 좋은 과학자가 되어 좋은 세상을 만들기 위한, '기술 혜택의 민주주의'를 실천하기 위한 노력은 이제 막 시작되었다. 30년 뒤에는, 청년이 된 아들딸에게 "아빠같이 좋은 과학자들이 있었기 때문에 이 세상이 조금 더 나아졌단다"라고 자신 있게 말하고 싶다. 이것이 2011년 9월의 내 인생 목표다.

아주 사소한 위로

윤수현 / KAIST 생명공학과 2008학번

| 아주 사소한 위로 |

윤수현 _ KAIST 생명공학과 2008학번

"도착했어."

까무룩 잠이 들었다가 사촌오빠의 목소리에 눈을 떴다. 목이 뻐근했다. 사촌오빠 성민의 차를 타고 광주에서부터 한 시간 정도를 달려온 뒤였다. 잘도 자더라, 시시덕거리는 사촌의 말을 한 귀로 흘리며 마티즈에서 내렸다. 복도식 아파트 몇 동이 연한 크림색으로 낡아가는 아파트 단지 앞의 상가였다. 떡볶이 집, 복덕방, 세탁소, 슈퍼마켓, 서점, 빵집이 모여 있는 상가에서 다른 도시와 크게 다른 무언가가 느껴지지는 않았다. 그나마 일반적인 상가들과 조금 다른 점을 찾자면 지하에 '방방이 놀이방'이 있다는 것 정도 추석을 맞아 십오 년 만에 큰어머니를 만나 뵈러 온 것치고는 긴장감이 떨어지는 배경이었다. 순천은, 초행이었다.

"아이구, 자연이 왔냐! 세상에, 이게 얼마 만이냐!"

"안녕하셨어요, 큰어머니. 복 많이 받으세요."

"으응, 그래. 아유 정말 오랜만이다 자연아. 꼬맹이 때 보고 처음이네…… 너는 주영이니? 아이고 너는 영 못 알아보겠다, 갓난애 때 보고 처음이라서. 들어와, 들어와 얼른."

놀이방은 방방이 ― 즉 트램펄린 네 대, 오락기 두 대, 만화책들과 간이 노래방 한 칸이 갖춰진 육십 평가량의 공간이었다. 오랜만에 만난 큰어머니께선 놀이방 카운터에 앉아 계셨다. 보통은 직접 관리하시지 않는다는데 오늘은 명절이라서 아르바이트생이 출근하지 않은 모양이었다. 큰어머니와 나는 의례적인 안부 묻기를 시작했다.

"그래, 어떻게 지내냐. 엄마한테 들으니까 봄에 유학을 갔다왔다드만. 프랑스랬나? 독일이랬나?"

"독일이요. 유학은 아니고요, 한 학기 동안 교환학생이요."

"그러냐. 어쨌든지 외국에서 공부를 하고 오고, 느그 엄마가 얼마나 뿌듯할까 그래. 많이 배웠어? 너 하는 공부가 뭐랬든가?"

"화학생명공학인데요, 교환학생은 재료공학으로 다녀왔어요."

"그건 뭐 하는 공부래냐. 아니다 듣는다고 내가 알거나. 아야 성민아, 위층 슈퍼에 가서 음료수라도 하나 사온나."

괜찮다고 손사래를 쳤는데도 기어코 사촌오빠를 시켜 주스를 사 오게 하신 뒤 큰어머니께서는 종이컵에 석 잔 오렌지주스를 따르셨다. 동생 주영이는 서먹하게 주스를 받아 마신 뒤 구석으로 가서 괜히 오락기를 건드리기 시작했다. '기억에도 없는 큰어머니가 불편하긴 하겠지.' 나는 생각했다. 나 또한 어린 시절의 어렴풋한 기억으로밖에 회상할 수 없는 큰어머니가 아주 편한 것은 아니었다. 오랜만에 자기 엄마를 보러 가자며 나와 동생을 끌고 온 장본인인 사촌오빠 성민은 음료수를 사다 놓고 어디로 갔는지 보이지 않았다. 나와 동생이 어색하기는 큰어머니도 마찬가지인 듯하였다. 대화는 어느덧 구태의연한 방향으로 흘러가고 있었다.

"자연이 니가 이제 사학년이제? 졸업하면 취직할 건가?"

"지금은 취직보다는 대학원에 가는 걸 생각하고 있어요."

"대학원 가면 뭣을 하게? 공부를 더 하는 거여?"

"네. 지금 하는 공부 더 해보게요."

"그려………… 똑똑항게 공부를 계속 해도 쓰겄지. 자연이는 머리가 좋으니까, 공부 계속해서 나라에 보탬이 되게 해야제. 그래서 박사도 되고 교수님도 되고 좋은 머리 잘 써야제."

"머리가 좋긴요. 대학원 다들 많이 가는 건데요 뭘. 저 머리 별로 안 좋아요, 큰어머니."

"아야, 무슨 소릴. 그래도 자식새끼랑 조카라고 둔 것들 중에서는 니가 대학을 제일 잘 갔는디! 너는 서울 살아서 그렁가 몰라도 이 동네에는 근방 십리를 다 뒤져봐야, 너네 학교에 다니는 학생이 한나라도 있능가. 느그 학교가 딱 수재들이 가는 데 아니냐. 내가 엇다 대고 시댁 식구 자랑은 못할 팔자지만 그래도 니가 얼마나 자랑스러운가 모른다이. 일가 중에 이런 사람도 있소, 하고 엇다 대고 자랑은 못하고 다녀도 말이다."

자랑은 못 하고 다녀도…… 그 말에 나는 욱신, 가슴이 쑤셨다. 그야 자랑하실 수 없었을 테다. 이혼한 시가의 이야기를 하는 것 자체가 얼마나 어색한 일이었을까. 십몇 년 전, 외도를 일삼고 집안을 돌보지 않는 큰아버지의 등쌀에 못 이겨 큰어머니는 어린 성민오빠를 놔두고 집을 나갔었다. 성민오빠는 할머니 슬하에서 자랐고, 이혼한 어머니와 아버지를 둘 다 자주 만나지 못했다. 큰어머니는 죄책감에 아들을 자주 찾지 못했고 큰아버지 또한 그 후로 몇 번인가 사업에 실패하며 집안에 얼굴을 잘 비추지 못할 형편이 되었던 것이다. 그 모든 것은 우리 집안을 좀 힘들게 했었다. 명절마다 할머니 댁의 거실 한편은 큰아빠의 빈자리로 그늘져 있었다.

복잡한 머릿속을 털어내려고 황황히 놀이방 안을 둘러보았다.

"놀이방이 생각보다 꽤 넓네요, 큰어머니."

"넓기는, 지금 애들이 없어서 그래 뵈지."

그러고 보니 놀이방 안에는 추석인데도 애들이 그다지 많지 않았다. 번잡한 집에서 애들을 몰아내고 싶은 부모의 심정 덕에 명절에는 영화관이며 놀이터에 사람이 몰리게 마련이다. 이곳도 응당 그 특수를 봐야 할 것 같은데, 놀고 있는 아이는 다섯 명밖에 되지 않았다. 시간이 한창 오후 세시인데도 그랬다. 내 눈빛에 걱정이 비쳤던가. 큰어머니가 쓰게 웃으셨다.

"사람이 없지야?"

"이만하면 적은 건가요? 전 잘 모르겠어서……"

"장사가 잘 안 돼야. 목이 안 좋은가 어쩡가 모르겠다. 성민아빠가 차려줬다는 다른 가게들은 어지간히 손님이 온다는디, 여그만 꼭 이렇게 장사가 안 된다. 알바생 쓰고 유지비 맞추고 하면 백 정도뿐이 안 남어…… 문제가 뭐당가. 자연이 너는 보니까 알겠냐? 머리 좋응게 큰엄마 좀 도와줄라냐? 과학적으로다가, 뭐 똑 바꾸면 나아질 만한 것이 있으까?"

"잘 모르겠네요. 제가 수리통계 쪽으로 공부를 열심히 했어야 하는 건데, 어쩌나."

농담이라고 던진 말이었는데 큰어머니께선 멍한 표정을 지으셨다. 수리가 뭐? 그런 표정이셨다. 나는 어색하게 웃으면서 별 뜻 아니었노라고 이야기를 넘겨야 했다. 가겟세며 인건비, 겸업으로 하시는 보험판매 일들, 그런 이야기를 들으며 고개를 끄덕이고 애써 맞장구를 쳤다. 잘 모르는 일을 잘 아는 양 추임새를 넣기가 힘들었다. 나는 예전부터 이해하지 못한 것을 이해한 양 구는 것에 쥐약이었다. 세상의 대화가 전부 의문을 제기하고 명쾌한 답을 얻는 식으로 진행되지는 않는다는 것을 오래 전에 깨달았지만, 깨닫는다 해도 그것이 잘 넘겨지는 것이 아니었다.

"아이고, 수다를 몇 시간이나 떨었다냐. 인자 가봐라. 돌아가서 저녁 먹어야제."

"네, 큰어머니. 큰어머니도 남은 추석 잘 쉬세요."

"그랴그랴. 그리고 자 이것 받아 둬라."

순간 내 얼굴이 확 달아올랐다. 큰어머니께서 만 원짜리 몇 장을 접어 손 안에 밀어 넣어 주신 것이다. 아니라고, 이러지 마시라고 사양을 하는데도 거듭 받아 두라시며 꼬깃한 돈을 내 핸드백 속에 밀어 넣으셨다. 나는 끝내 거절하지는 못하고 돈을 받고 말았다. 큰어머니는 동생 주영이도 부르더니 용돈을 쥐어 주셨다. 고등학생인 주영이는 고민 없이 넙죽 용돈을 받아 들었다. 거기에 내가 할 수 있는 말은 "고맙다고 인사 드려야지"라고 맥 빠진 목소리로 다그치는 것뿐이었다. 어느새 지하층으로 내려온 성민오빠가 차 시동을 걸어 두었다며 우리를 재촉했다. 다시 한 번 인사를 드리고 상가 밖으로 나와서 나는 성민오빠의 마티즈 조수석에 올라탔다.

동생 주영이는 뒷자리에서 곧 잠이 들었다. 마치 아까의 나와 교대를 하는 듯했다. 나는 쉽게 머리를 비우지 못하고 고개를 모로 꺾어 창밖만 계속 쳐다보았다. 핸드백 속에서 만 원짜리 다섯 장이 바스락거렸다. 대학 4학년, 졸업반씩이나 되어서 아직도 용돈을, 그것도 장사가 잘 안 되는 놀이방을 꾸리시는 큰어머니께 받다니. 민망함이 가시지 않았다. 이러면 마치 용돈이라도 타 보자고 십몇 년 만에 만난 것 같지 않은가. 가장 부끄러운 것은 내심 내가 그 돈을 거절하기 싫었다는 점이었다. 아직도 몇 만 원이 아쉬운 경제수준이라니. 용돈을 드리지는 못할망정 받는 것이 내심 기쁘다니……

생각은 꼬리에 꼬리를 물었다. 취직을 하기로 결정했다면 뭔가 달라졌을까? 봉투에 지폐를 넣어 멋지게 척, 용돈으로 드릴 수 있었을까? 하다못해 배 한 상자라도 사갈 수 있었으려나. 그제야 나는 내가 큰어머니를 뵈러 가며 아무 것도 준비하지 않았다는 사실을 떠올렸다. 재차 민망함이 얼굴로 치고 올라왔다. 세상의 일에 이렇게 서툴다니. 누굴 뵈러 가면 선물을 하나 준비해 가고, 이야기에 매끄럽게 맞장구를 치고, 그런 것에 서툰 것은 내가 아직 학생이라서 일까 아니면 원래 그런 성격이라서 일까. 알 수 없었다. 때로 인과와 논리로 정리되는 세계 안에서 가장 편안함을 느끼는 내 성격이 원망스럽기도 했다. 사회학이나 심리학을 배웠더라면, 하다못해 인문대와 섞여 있는 대학을 다니며 다양한 사람을 사귀었더라면 오늘 같은 서투름이 좀 덜했을까. 뜬금없이 치의학전문대학원에 가라고 날 설득하시던 엄마의 얼굴도 떠올랐다. 그랬다면, 그러면 오늘 같은 날 용돈을 받아 들고도 "제가 나중에 이 다 공짜로 해 드릴게요!"라며 태연하게 웃을 수 있었을까.

"무슨 생각하길래 그렇게 조용하냐?"

성민오빠가 나를 툭 건드렸다. 나는 화들짝 놀랐다. 오빠는 조수석 앞자리에 놓인 껌을 집어다 내 손에 떨어뜨렸다. 뭐야, 했더니 잠이 올 것 같다며 껌 포장지를 까서 자기 입에 넣어달라고 했다. 나는 픽 웃음을 흘렸다. 성민오빠도 피식 웃었다.

"뭔지 몰라도 얼굴 좀 펴라. 왜 울 것 같은 표정인데?"

"……그 정도야? 나 지금?"

"아니냐? 아님 말고 어쨌든 껌 좀 줘."

나는 껌 포장지를 벗겼다. 껌을 산 뒤로 시간이 좀 지났는지 껌 알맹이와 껌 종이가 달라붙어서 잘 떨어지지 않았다. 손톱으로 포장지를 긁어내고 성민오빠의 손에 껌을 쥐어 주었다. 성민오빠가 얼굴을 찡그렸다.

"야, 눅눅해서 끈적하잖아. 그래서 입에 넣어달라고 했구만."

"애도 아니고 뭘 입에 넣어줘."

"쳇. 근데 껌은 왜 시간 지나면 껌 종이랑 달라붙지? 짜증나게."

"습기를 흡수하니까 그렇겠지. 껌 종이는 과자봉지처럼 완전히 밀폐된 게 아니잖아. 완전 밀폐 상태가 아니니까 공기 중의 수분이 들어오고, 껌 안에 있는 당 성분이 습기를 흡수해서 끈적해지는 것 아닐까?"

"그런가? 흠."

말해 놓고 보니 그럴듯했다. 맞는 것도 같았다. 그러나 확신이 들지 않아서 집에 돌아가면 검색을 해봐야겠다는 생각이 들었다. '모르면, 찾아 봐야지.' 수학교육과를 졸업하신 아버지께서 어릴 적부터 해주신 말씀이었다. '껌은 왜 눅눅해질까?…… 눅눅해지지 않는 껌은 없을까? 아, 있구나. 자일리톨같이 겉을 코팅해둔 껌은 눅눅해지지 않는다. 게다가 자일리톨 통 안에는 흡습제까지 들어 있으니까.' 나는 생각에 잠겼다가 스스로 대답을 내고 고개를 끄덕였다.

성민오빠의 목소리가 들렸다.

"이제 얼굴이 좀 나아 보이네."

그 말에 고개를 들어 백미러를 보자 내 얼굴 표정이 어느새 풀어져 있었다.

"불편했냐?"

껌을 까주고, 십 분 정도 서로 말없이 달리는 차 속에 앉아 있었는데 성민오빠가 갑자기 툭 말을 내뱉었다. 멍하게 있던 나는 어리둥절하여 성민오빠를 바라보았다. 슬슬 사위어가는 해가 성민오빠의 얼굴에 옅은 그늘을 드리우고 있었다.

"불편했냐고? 무슨 말이야?"

"너 머릿속이 복잡한 표정이었잖아. 우리 엄마 만난 거 불편해서 그랬던 거 아니냐?"

"세상에, 아냐, 아냐. 전혀 아냐. 다른 생각하느라 그랬어."

"정말이야?"

"정말이야."

"무슨 생각했는데?"

나는 성민오빠를 쳐다보았다. 나에게 질문을 던져놓고 성민오빠는 다시 앞 창유리를 바라보고 있었다. 무심히 핸들 위에 던져놓은 오빠의 손을 물끄러미 쳐다보았다. 내가 뭐라고 말하든 대수롭잖게 들을 것 같은 오빠의 태도에 오히려 말을 해볼 용기가 났다.

"……오빠는, 걱정 안 돼?"

"무슨 걱정? 우리 엄마 가게?"

"아니, 말고. 미래에 대해서."

미래,라는 단어는 무겁게 느껴졌다. 괜히 목이 건조해서 나는 침을 삼켰다.

"대학 졸업하고 뭐 할까 하는 거 말이야. 졸업하고 뭐 할 거야?"

"글쎄. 당분간은 지금처럼 아빠 사업 도와드릴 것 같은데."

"그건 정말 당분간의 일이잖아. 계속 할 수 없을 지도 모르잖아. 취직 안 할 거야?"

"해야지, 나중에는."

"그런 거 걱정 안 돼? 어떤 식으로 준비하고 있어?"

"지금은 별로 준비하는 거 없는데. 나 아직 졸업반 아니다, 임마. 일 년 남았어."

피식 웃으며 그렇게 말하는 성민오빠의 옆얼굴에 왠지 화가 났다. '뭘 믿고 그렇게 초조함이 없는 거야? 대학도 지방의 별 볼일 없는 곳을 다니면서.' 그 말이 턱 끝까지 치밀어 올랐다가 목 뒤로 넘어갔다. 세상에, 이렇게 치졸한 생각이라니. 나는 스스로 부끄러웠다.

"취직 준비를 해야겠지, 물론. 근데 그 준비라는 게 애매해서 말이다."

애매하다는 건 무슨 뜻일까. 내가 성민오빠의 옆얼굴을 가만히 쳐다보자 오빠가 천천히 말을 이었다.

"내가 아무리 열심히 해봤자 할 수 있는 데에는 한계가 있잖아. 난 너처럼 머리가 좋아서 영어성적을 잘 낼 수 있는 것도 아니고 일단 다니는 대학도 지잡대니까. 너처럼 다들 알아주는 명문대를 다니는 게 아니니까."

그 말을 하는 성민오빠의 말끝은 어쩔 수 없이 약간 흔들렸다. 나는 내가 방금 전에 한 생각이 들킨 것만 같아 움찔했다. 얼굴이 또 화끈 달아올랐다.

"……오빠도 머리 좋잖아. 대학은, 오빠 탓만도 아니고. 환경이라든가 그런 것도 있으니까."

"환경 핑계를 누가 들어 주겠냐. 뭐 나도 정상적으로 집에서 잘 컸으면 더 잘했을지도 모르지만. 안 된 건 안 된 거지."

그것도 사실이라고 나는 생각했다. 성민오빠가 부모님의 이혼과 연이은 큰아버지의 사업 실패로 한창 예민했을 사춘기를 불가피하게 할머니 댁에서 보냈다고 해도, 몇 년씩 추석에조차 얼굴을 비추지 않던 큰아버지를 아무리 그리워하고 또 원망했다고 하더라도, 그 때문에 좋은 환경에서 큰 애들만큼 공부에 매진할 수 없었다고 한다면, 그런 말을 들어줄 사람은 사회에 없다. 눈에 보이는 것은 숫자와 명칭들뿐이다. 잘 나가는 대학의 이름, 높은 성적. 그런 것이 세상을 결정하기 때문이다. 성민오빠는 계속 말을 이었다.

"어쨌든. 그래서 난 내가 남들 하는 비슷한 식의 공부나 취직준비를 열심히 하는 게 무슨 의미일지 잘 모르겠어. 내 주위에 그런 비슷한 사람들이 많은데, 다들 비슷하다. 이럭저럭 아르바이트나 하면서 시간 보내는 일이 많지. 그런데 어느 정도는, 그럴 수밖에 없는 거야. 도달할 수 있는 선이 다르거든. 그냥 게으른 놈이 하는 변명 같이 들리겠지만 말이야…… 그래서 난 뭔가 다른 걸 찾아야 할 것 같다. 토익 900점을 만드는 것 말고 정말 특별한 거 말이야. 그런데 그게 참 어렵지."

적절한 단어를 찾느라 느리게 흘러나오는 오빠의 목소리는 무척 진지했다. 오빠가 이 문제를 여러 번 생각해보았다는 걸 느낄 수 있었다.

"어렵지. 많이 어려울 것 같아."

"응. 그래서 난 네가 솔직히 좀 부러운데."

"괜찮은 대학을 다녀서? 하지만 난 취직할 생각이 아니라서……"

"취직률만의 문제라기보다 가능성에 있어서 부럽다는 거야. 너는 끝까지 갈 수 있는 가능성이 있잖아. 뭐랄까, '골인 지점까지.' 지금 네가 다니는 대학에서 계속 열심히 공부하면 공부로 갈 수 있는 최고지점까지 갈 수도 있을 거잖아. 너 대학원 갈 거라고 그랬던가?"

"응…… 지금 생각은 그래."

"그래, 그러니까. 너네 대학원에서 더 공부해서 정말 잘 공부할 수 있을 거고, 거기서 연구를 하면 정말 좋은 연구도 할 수 있겠지. 나이가 먹을수록 나쁜 환경에서 최고의 성과를 내는 건 불가능에 가깝다는 게 실감돼. 어쩌면 할 수 있을지도 모르지만 매우 힘들거든."

"물론 그렇겠지만…… 그렇다고 해서 우리 학교가 뭐, 세계 최고의 대학인 것도 아닌걸."

"최고가 아닌 나머지는 네가 채우면 되는 거잖아."

성민오빠가 그 말을 하는 순간 아까부터 자글자글 흘러나오던 카오디오의 음악이 딱 멎었다. 재생되던 CD가 마침 끝난 모양이었다. 갑자기 차 속을 메운 정적이 허리 뒤로 쑥 들어와 등을 받쳐 주는 것 같았다. 나는, 왠지 허리를 쭉 펴고 싶은 기분이 되었다.

'내가 채우면 되는 거라고.'

"넌 이제부터 네가 잘 하는 공부를 하러, 그걸 뒷받침하는 좋은 환경이 있는 곳으로 진입하는 거야. 난 그것만으로도 충분히 기뻐할 일이라고 생각한다. 부럽다는 건 그런 의미였어."

마지막으로 정리하듯 말하는 성민오빠의 목소리가 음악이 사라진 자리에서 유난히 선명하게 들렸다. 나는 살짝 눈물이 나올 것 같았다.

"그래서…… 그런 생각을 하느라 꿀꿀하셨구만. 이제 좀 나아졌어?"

"제법."

"내가 한 말 그럴듯하게 들리지?"

"…… 꽤나."

"고맙냐? 고맙지? 나 되게 의젓한 오빠 같지 않냐?"

"아우, 정말. 그만해! 무슨 말을 못해."

"어, 왜. 아니야? 아니란 거야 지금? 이렇게 열심히 기운을 북돋워줬는데?"

"알았어 알았어. 완전 고맙고 멋있는 오빠야. 지상 최고의 사촌오빠야."

킥킥 웃으면서 성민오빠가 한 손을 뻗어 내 머리를 헝클어뜨렸다. 하지 말라고 손을 쳐 냈지만 왠지 피식 웃음이 나왔다. 아까랑 달라진 것도 없고 해결된 것도 없지만 마음은 확실히 나아진 것 같았다. 내년에는 대학원을 간다. '석사 1학년.' 치의학대학원이나 로스쿨이 아닌 내 전공의 대학원에서 또다시 공부를 시작한다. 초봉은 일반 기업의 그것보다 턱없이 낮을 것이고, 그에 더불어 대학원 등록금까지 내야 한다. 학생 수준의 경제를 유지하면서 몇 년간 다시 공부를 해야 할 것이다. 분자 구조와 성분 분석과 물질의 흐름에 대해서 더 심도 있게 배우게 되겠지. 그게 도대체 다 무슨 쓸모냐,라는 질문은 던지지 말도록 하자. 분명 쓸모가 있을 테니까. 쓸모는 내가 찾으면 되는 것이고, 그걸 찾으라고 많은 시설과 사람들이 나를 도와줄 것이다. '나머지는 내가 채우면 돼.' 그렇게 배우고 연구하여 뭔가 반짝거리는 것을 발견하는 날이 올 것이다. 억대 연봉을 받기는 힘들지라도, 큰엄마의 가게가 왜 잘 안 되는지에 대한 해답을 드릴 수 없더라도, 나는 나의 해답을 찾는 날이 올 거라고, 머지않아 그렇게 될 거라고 믿고 이 길을 택했으니까.

어느덧 고속도로가 끝나고 톨게이트가 다가왔다. 성민오빠가 차창을 내려 톨게이트에 돈을 내더니 차창을 도로 올리지 않고 그대로 속력을 높였다. 노을과 함께 바람이 차 속으로 밀려 들어왔다. 껌을 하나 까서 입 안에 집어넣자 내 입 안은 껌의 단물로 가득 차올랐다. 우리 둘은 콧노래를 흥얼거렸고, 차는 노을이 지는 도시 방향으로 달려가기 시작했다.

계산기 사용의 교육적 효과

조재형 / KAIST 기계공학과 2010학번

계산기 사용의 교육적 효과

조재형 _ KAIST 기계공학과 2010학번

우리나라의 교육과정에서 전자계산기의 필요성은 꾸준히 무시되어 왔다. 여전히 우리나라 중·고등학교의 수학과 과학 시험에서는 기계의 힘을 빌리지 않은 계산을 강조하고 있고, 그에 따라 학생들은 계산기의 사용법을 충분히 숙지할 기회조차 가지기 힘들다. 최근 교육과학기술부가 고교 수학 시험에서의 전자계산기 사용을 허가하려는 움직임이 있었으나 그 안건마저도 결국 보류되었다. 미국을 비롯한 많은 선진국이 교육과정에서 계산기의 활용을 적극 권장하기 때문에 정부에서 적극 고려한 개편안이지만, 계산기 사용 허가가 초래할 현실적인 문제들이 계산기의 필요성을 무색케 한다는 의견이 지배적이다. 또한 아직 계산기의 사용에 대한 부정적인 시각이 팽배하다는 사실도 이러한 교과부의 결정에 기인했을 것이다. 하지만 그들은 계산기 사용이 가져올 교육적 효과를 충분히 인식하지 못하고 있는 듯하다. 계산기가 단순히 학생들의 문제풀이 시간을 단축하는 역할밖에 할 수 없다는 생각은 시대착오적인 발상이다. 전자계산기를 수학 시험에서 뿐만 아니라 수학, 과학 교육과정에서 폭넓게 사용하고자 하는 노력이 필요하다.

우선 계산기가 필요한 주요한, 그리고 가장 명백한 이유는 수학과 과학 교육의 목적은 계산 능력이 아닌, 논리력, 사고력, 이해력의 함양이라는 것이다. 이는 교과부에서도 인정한 바이다. 복잡한 소수와 분수 계산을 하는 것이 과연 중·고등학생들의 논리력을 향상시키는데 얼마나 도움이 될까 의문이다. 공학과 이학을 전공하는 대학생들에게도 사물의 움직임, 현상에 대한 원리를 끝없는 수식의 나열을 통하여 설명하는 전공서적은 하나의 악몽과 같다. 심지어 수학 이론도 숫자와 수식을 배제하고 설명되었을 때 학생들이 그 원리나 이론의 참 뜻과 중요성을 더 쉽게 간파하는 경우가 많다. 중·고등학생들에게는 이공계 대학생들보다 복잡한 계산능력의 실용성이 떨어지기 때문에 숫자보다는 이론과 원리를 바탕으로 한 수학, 과학 수업이 더욱 중요하다. 게다가 어린 학생들은 숫자와 그 숫자가 가지는 물리적, 실질적인 뜻을 연계시키는데 서툴기 마련이다. 한 예로 그래프 상에서 한 구역의 넓이를 구하는 문제를 다룰 때, 복잡한 숫자를 포함한 방정식이나 적분을 푼 이후 답안지에 음수를 적어 내는 경우가 많다. 물론 넓이는 절대 음수가 될 수 없다. 하지만 복잡한 숫자를 다루면서 수식을 풀 때 이런 식으로 물리적으로나 상식적으로 의미를 가지지 않는 수가 나오는 경우가 많다. 정확한 숫자 계산에 지나치게 집중한 나머지 문제의 논리적 흐름을 놓쳐버리는 것이다. 또 문제에서 요구한 답과 무관한 답을 제출하거나 자신이 현재하고 있는 계산의 궁극적인 이유를 망각하여 문제를 다시 읽어가며 시간을 허비하는 경우도 빈번하게 발생한다. 앞에 언급되었듯이 중·고등학교 수학, 과학 교육의 본질이 사고력 함양이라는 관점에서 볼 때 복잡한 계산은 이처럼 걸림돌이 될 뿐이다. 난잡한 숫자의 계산이 최소화된 수학과 과학 교과서를 보면서 학생들이 이 두 학문에 보다 큰 매력을 느낄 수 있지 않을까?

 전자계산기의 사용이 적극 장려되어야 하는 더 결정적인 이유는 계산기 사용이 단지 문제풀이를 쉽게 해주는 부수적인 역할뿐 아니라 그 자체가 수반하는 교육적 이득이 상당하다는 데에 있다. 선진국에서 흔히 교육 목적으로 사용하는 계산기는 일반계산기보다 훨씬 더 다양한 기능을 갖춘 공학계산기이다. 초보자로서 공학계산기의 사용법을 완벽히 습득하는 것은 반복적 훈련이 요구되는 결코 쉽지 않은 과정이며, 공학계산기의 사용 자체가 문제의 논리적 흐름에 대한 이해를 필요로 하는 경우도 많다. 그러므로 비록 제한적이지만 계산기의 사용이 학생들의 논리력 향상을 유도한다 할 수 있다. 특히 주어진 자료를 바탕으로 통계 수치를 구해야 하는 문제에서 이런 성향이 두드러지는데, 통계 관련 계산은 주어진 자료를 바탕으로 평균, 표준편차, 범위 같은 변수 값을 알맞은 순서로 입력해야 하기 때문에, 학생들은 섣부르게 문제의 답을 구하려 뛰어드는 대신 변수 값을 찾으려고 자료를 먼저 정리하는 분석적인 자세를 취하게 된다. 게다가 계산기의 사용은 중·고등학교 수학, 과학 교육을 좀 더 현실과 부합하도록 할 수 있다. 문제풀이 과정에서의 산수를 계산기로 간단히 할 수 있다는 것은 다른 관점에서 볼 때 고등학교 수학, 과학 시험에 복잡한 숫자를 도입할 수 있다는 것이다. 학생들은 복잡한 숫자를 가지고 직접 계산을 할 필요가 없기 때문에 큰 불편을 겪지 않아도 되지만, 문제 출제자들은 좀 더 복잡한 조건(숫자)을 문제에 적용함으로써 학생들의 더욱 현실적인 문제풀이 경험을 이끌어 낼 수 있다. 당연하게도 실제적으로 공학자와 과학자들이 다뤄야 하는 변수들은 단순한 정수로 표현될 수 있는 경우가 드물다. 대기압은 흔히 문제를 풀 때 100kPa로 주어지지만 101.3kPa이 더 정확한 수치이고 지표에서의 중력가속도는 SI단위에서 10보다는 9.81에 가깝다. 이런 정확한 수치를 적용할수록 학생들은 더욱 현실에 가까운 답을 얻는다. 미국 및 영국의 수학과 과학 교육은 이러한 계산기의 이점을 적극 활용하기 위해 필수적으로 계산기 및 기타 전자기계를 이용해야 완수할 수 있는 탐구과제들에 큰 비중을 두고 있다. 한 가지 주목할 만 한 점은 이러한 탐구과제들이 진정한 자기주도적 학습을 유도할 수 있고 현재 우리나라 입시에서 자기주도적 학습의 중요성이 매해 부각되고 있다는 것이다.

따라서 이와 같은 계산기 사용이 가져올 긍정적 효과를 볼 때, 현실적, 제도적인 애로사항을 앞세워 계산기의 도입을 반대하는 것은 정당화될 수 없는 결정이다. 계산기 도입의 가장 큰 걸림돌은 비용이다. 필자의 고등학교에서는 개당 15만원 상당의 공학계산기를 개인이 부담하여 필수적으로 구입하도록 했는데, 우리나라에서 모든 학생들을 상대로 이 같은 경제적 부담을 가중시키는 것은 도리에 어긋난다. 하지만 교육청의 지원 하에 각 학교가 점진적으로 학교의 공용재산으로서 계산기를 구입하는 것은 실현하기 어렵지 않은 방안으로 사료된다. 어차피 대부분의 학생들은 고교 졸업 후 일상생활에서 공학계산기를 써야 할 일이 드물기 때문에 개인적인 구입을 강요받아야 할 필요가 없으므로 학교가 직접 구매하는 것이 경제적이다. 또한 계산기가 부정행위의 수단으로 전락할 수 있다는 사실도 우리가 적극적으로 해결책을 강구해야 할 문제이지 계산기의 사용을 막을 사유가 되지 못한다. 대부분의 공학계산기에는 계산기에 저장된 정보를 삭제하는 리셋기능이 탑재되어 있으며 학교에서 직접 관리하고 제공하는 계산기를 시험 시 사용하게 하는 것도 하나의 대안이 될 수 있다. 물론 계산기의 공유는 철저히 금지되어야 한다. 이 같은 부수적인 문제점들은 새로운 정책을 시행할 때 언제나 동반될 수 있으며, 그것들이 두려워 변화를 거부할 수는 없다.

중·고등학교 수학 및 과학 교육 과정에서의 계산기 도입은 필수적이고 따라서 보다 적극적으로 추진되어야 한다. 아주 사소한 논점으로 보이기 쉬운 문제이지만 교육을 목적으로 한 계산기의 사용은 학생들에게 좀 더 창의적이고 풍부한 경험을 제공할 만한 가장 실현하기 쉬운 수단이며, 수학과 과학 수업에서 더 본질적인 문제에 대해 깊게 사고하고 이해할 수 있는 기회를 열어준다. 그러므로 계산기, 특히 공학계산기의 도입은 천편일률적인 교육보다 다양하고 상호적인 수업을 지향하는 현재 교육계의 풍토와도 맞아 떨어지는 변화가 될 것이다. 학생들을 더욱 경쟁력 있는 인재로 키우기 위한 기초적인 변화를 이뤄내기 위해 모두의 적극적 태도와 노력이 절실하다.

웃지 말아요

원소연 / KAIST 산업 및 시스템공학과 2009학번

| 웃지 말아요 |

원소연 _ KAIST 산업 및 시스템공학과 2009학번

소년은 늘 피로했다. 하교하는 소년의 발걸음은 항상 그렇듯 무거웠다. 학교 수업을 마친 소년은 집 대신에 병원을 목표로 걸었다. 병원은 한결 같았다. 소독약 냄새는 마치 무거운 아령처럼 소년의 어깨를 짓눌렀다. 흰색 옷을 입고 걸어 다니는 의사와 간호사들은 이제 불신의 대상이었다. 병원 안의 모든 이들에게 사실 의사와 간호사들은 신과 같은 존재였다. 신은 하얗던가, 까맣던가. 하얗든 까맣든 신은 분명히 빛이 났던 것 같은데 색은 잘 모르겠다. 신은 진실만을 말해주어야 한다. 하지만 소년에게 진실을 말해주는 사람은 없는 것 같았다. 세 번의 수술도, 소년의 엄마가 매일 먹어야 하는 여러 색의 약도, 죄다 거짓말이었다. 아무 것도 달라지는 것이 없었기 때문이다.

신에게 기도하듯 흰 가운들에게 매달려도, 그들은 소년의 믿음처럼 전지전능하지 못했다. 뭐든지 다해줄 것 같았던 흰색의 옷들은 소년에게서 매정하게 등을 돌렸다. 차가운 뒷모습은 소년을 무기력하게 했다. 무표정한 엄마의 얼굴, 병원에 들어설 때 느껴지는 알코올 향, 소년의 무거운 발걸음 같은 것들은 늘 같았다.

말도 안 되는 것은 수도 없었다. 까마득한 수치의 병원비 청구서와 집

나간 아버지 그리고 자꾸만 머리카락이 빠지는 엄마. 차라리 그런 것이 거짓말이었으면 하고 바랐지만 그런 것들은 죄다 사실이었다. 사실이다 못해 소년이 매일 마주해야 하는 현실이었다. 온갖 종류의 희망과 밝은 것은 거짓말이었고, 어두운 것들은 현실이었다.

소년의 엄마는 4인실에 입원해있었다. 비슷한 병을 달고 사는 그들이었기에 그들의 표정은 늘 비슷했다. 소년은 피곤함을 넘어선 지루함을 느꼈다. 소년을 둘러싼 모든 것은 매일매일이 같았다. 병실 문을 열고 들어서는 매 순간 소년의 엄마를 비롯한 모두는 정지화면처럼 그 모습 그대로였다. 그날도 소년은 같은 모습을 기대하며 문고리를 잡았다. 생명력 없고, 활기 없고, 희망이 없는 장면을 소년은 문을 열기 전에 머릿속에 그리고 있었다. 한숨부터 나오는 장면이었다.

그러나 그날은 달랐다. 소년이 병실 문을 열자 뭐라고 설명할 수 없는 공기가 병실을 메우고 있었다. 늘 흰 침대에 몸을 뉘이고 있었던 소년의 엄마는 몸을 반쯤 일으키고 어딘가를 곧게 응시하고 있었다. 초점이 없던 엄마의 눈은 반듯했다. 그것은 다른 사람들도 마찬가지였다. 조용했지만 누구도 소년의 등장에 시선을 빼앗기지 않았다. 의아할 정도의 집중력이었다. 놀라웠다. 소년은 모두의 시선이 향하는 곳을 쳐다봤다.

모두 TV를 보고 있었다. TV에서는 의사와 비슷한 차림새를 한 남자가 차분하게 무언가를 설명하고 있었다. 소년은 천천히 엄마의 곁으로 걸어가 앉았다. 그제야 소년의 엄마가 왔니, 하며 인사를 해준다. 살짝 보인 엄마의 미소가 너무도 오랜만이라 소년은 꿈을 꾸는 것만 같았다. 엄마 뭐 봐? 소년은 조심히 물었다. 같이 보자. 엄마는 소년의 손을 꼭 잡았다.

흰색 가운을 입은 사람은 천천히, 하지만 확신에 찬 말투와 몸짓으로 무언가를 설명했다. 생명과학자라 했다. 가끔 TV 화면에는 그의 이름과 그의 직업이 자막으로 떴다. 웃음 연구소장. 흰색 가운을 입은 이가 죄다 의사는 아니었구나. 엄마에게 거짓말만 늘어놓던 의사. 확실하지 않은 희망만 심어주던 의사. 실패한 수술에는 미안하단 말만 되풀이하던 의사. 그 치졸하고 자신감 없는 얼굴들. 흰 가운을 입은 사람들은 어려운 얘기만을 한다. 알아듣기 힘든 이야기들. 그래서 그냥 사실이라고 믿어버리는 이야기들을 말이다.

TV 속의 과학자는 조금 달라보였다. 그는 아주 쉬운 이야기를 하고 있었다. 너무도 쉬워서 사실이 아닌 것 같은 말을 말이다. 웃으면 암세포가 줄어듭니다, 아직도 믿기 힘드신가요? 소년은 잡은 손에 힘을 더 주었다. 소년의 엄마가 소년을 마주보며 웃어주었다. 소년은 울고 싶은 기분이 들었다. 얼굴에 잔잔한 미소를 띤 생명 과학자는 자신만만했다. 자기가 관찰했던 환자들의 예를 보여주며 다시 웃어보였다. 웃으세요, 그 과학자의 얼굴에서는 웃음이 사라지는 일이 거의 없었다. TV 화면이 그렇게 선명한 것인 줄 소년은 처음 알았다. 잘생기고 예쁜 연예인들이 TV에 나올 때에도 그 화면이 그리도 밝은 것인지 몰랐다. 하지만 지금 저 낡은 TV는 과학자의 웃음을 선명하게 잡아내고 있었다.

소년은 생각했다. 엄마가 희게 이를 드러내며 웃었던 적이 언제였는가를. 기억이 나지 않았다. 소년은 가만히 건너편을 쳐다보았다. 엄마보다 오래 입원해있었던 백발이 성성한 할머니는 작은 거울에 얼굴을 비춰가며 입 꼬리를 올리고 있었다. 소년은 하하, 작게 소리를 내어보았다. 암세포야 죽어라. 엄마도 소리 내서 웃어. 암세포 죽여 버리자. TV 프로그램이 끝나고 첫 광고가 나올 때 소년은 그렇게 말했다. 덕분에 소년의 엄마는 정말 오랜만에 깔깔 거리며 웃을 수 있었다.

하지만 소년은 숫기 없고 조용한 아이였다. 엄마, 웃자, 암세포 죽여 버리자, 그렇게 엄마에게 호기롭게 말했어도 엄마를 웃길 수 있는 수단은 많이 없었다. 가장 빠른 방법은 성적표를 엄마에게 보여주는 것이었다. 소년은 우수했다. 하지만 성적표는 많아봐야 한 학기에 두 번 나올 뿐이었다. 말수가 적었던 소년에게는 하루하루가 더욱 스트레스로 다가오기 시작했다. 소년의 일상은 웃음이 나올 수 없는 일상이었다. 교복을 매일매일 혼자 빨아 다려 입고, 아무도 없는 집에서 외롭게 아침을 챙겨 먹고, 학교에서 조용히 수업을 듣고, 수업을 마치면 어울려 축구 따위도 하지 않고 병원으로 향한다. 엄마가 잠들면 막차를 타고 아무도 기다리지 않는 집으로 돌아온다. 공부를 하다 잠이 오면 가스비가 무서워 난방을 틀어놓지도 않고 차디찬 바닥에 눕는다. 배가 고프면 유통 기한이 일주일이 넘게 지난 우유를 고민도 하지 않고 마신다. 엄마를 웃게 만들 이야기꺼리라곤 눈을 씻고 찾아도 없었다.

소년은 관찰하기 시작했다. 길을 걸으며 웃는 사람들, 지하철에서, 버스에서, 교실에서, 분식점에서, 소년이 갈 수 있는 모든 공간에서 웃는 사람들을 관찰했다. 그들이 왜 웃는지 살폈다. 재밌는 말투, 우스운 행동, 황당한 이야기. 소년은 관찰할 수 있는 모든 것을 관찰했다. 그리고 그 모든 것이 마치 제가 겪은 일 인양 엄마에게 애기를 했다. 엄마는 소년의 이야기를 경청했다. 짝사랑 상대인 젊은 교사를 보는 여고생처럼 눈을 빛내면서. 조금이라도 우스운 부분에서는 박수를 치며 소리 내어 웃었다. 소년은 그런 엄마를 보면서 매순간 안도를 했다. 암세포가 죽어가고 있어. 엄마의 몸을 죽이고 있는 더러운 암세포는 지금 죽고 있어. 소년은 엄마의 가지런한 이를 보면서 그런 생각을 했다. 소년도 엄마를 따라 웃었다. 모자는 웃음이 늘었다.

하지만 소년의 생각과 의사들의 생각은 달랐다. 더 이상 희망은 없는 것 같아요, 워낙 특이한 케이스라 방법이 없습니다. 죄송합니다. 이 상황에서는 기도밖에는 달리 할 것이. 흰색 옷을 입은 그들이 소년에게 고개를 숙이는 둥 마는 둥 하며 인사를 했다. 기도라니, 이성과 수식과 복잡한 지식들로 무장한 그들이 마지막으로 내면 해결책은 기도였다. 소년은 할 수 있는 말이 없었다. 엄마에게 들려주려 준비해온 유머들은 순식간에 머릿속에서 지워졌다.

엄마.

응, 아들. 오늘은 무슨 얘기 해 주려고?

엄마. 있잖아.

응.

의사 쌤들이 이제 집에 가도 된대.

엄마의 얼굴 위에는 웃는 듯, 마는 듯. 알 수 없는 표정이 지나갔다. 소년은 입술을 꾹 깨물고 고개를 숙였다. 차마 웃을 수는 없었다. 엄마, 집에 가서 개그콘서트 보자. 무능한 소년은 그저 그렇게 말할 수밖에 없었다. 엄마는 그래, 대답해주며 다시 빙긋 웃었다. 왜 이렇게 웃는데도 암세포는 죽지 않는 걸까. 결국 모든 흰 가운 안의 사람들은 거짓말만 하는 사람들일까. TV에 나왔던 생명 과학자는 웃음 전도사로 유명해졌다. 그가 쓴 책은 한참동안 베스트셀러였다. 4인실인 병실에는 그 책이 네 권이 있었다. 모두가 그 책을 하나씩 사서 읽었다. 마치 생명줄이라도 되는 것처럼 말이다. 책의 앞표지에는 과학자가 웃음 짓고 있었다. 뒤표지에는 그 덕분에 완쾌에 성공한 환자들의 짧은 감사의 말들이 실려 있었다.

모두가 맹신하고 있는 그 남자도 결국 거짓말쟁이였다. 암세포는 죽은 만큼, 아니 그것보다 더 빨리 늘어나고 있었다. 소년은 좌절했다. 많은 사람들이 흰 가운을 믿지만 흰 가운들 중에는 생각보다 거짓말쟁이가 많았다. 게다가 그들은 더 질 나쁜 거짓말쟁이들이었다. 확신에 찬 거짓말을 하니까 말이다. 당연하다는 얼굴로, 흰 가운으로 무장한 채, 확인되지 않은 사실을 마치 진실인양 포장하는데 능하다. 그 누구보다 더. 흰 가운을 두른 사람들은 죄다 그런 것이다. 소년은 엄마의 관 위에 흙을 뿌리며 그렇게 생각했다.

엄마는 죽기 전까지 울지 않았다. 엄마는 괜찮아. 마지막 웃음의 순간에도 암세포는 증식하고 있었다. 엄마가 괜찮다고 웃으니 소년은 그 어떤 위로도 할 수 없었다. 엄마, 많이 아프지? 그 따위의 말도 하지 못했다. 소년은 후회했지만 웃는 것이 습관이 되어 울지 못했다.

“교수님.”

청년의 목소리에 앞서 가던 이가 걸음을 멈추고 뒤를 돌아본다. 청년을 발견하고는 반갑게 웃음 짓고 청년의 등을 어루만지며 토닥거린다. 그래, 논문 준비는 어떤가. 잘 되어가고 있나? 청년은 말없이 고개를 끄덕인다. 청년은 제 몸에 한참 큰 가운이 어색하다. 청년은 조금 힘을 주어 대답한다. 교수는 머리까지 희끗해서 온 몸이 흰색으로 보인다. 웃음은 여전하다. 웃음전도사로 유명해진 교수는 언제나 웃고 있다. 마치 암이 자기를 건드릴 시간조차 주지 않겠다는 것처럼 말이다. 준비는 교수님 덕분에 차질 없습니다. 걱정 마세요. 안녕히 들어가세요.

우수하고 유능했던 소년은 흰 가운을 입을 수 있는 청년으로 컸다. 키도 조금 크고 목소리도 조금 굵어졌다. 하지만 흰 가운은 영 어색했다. 입는 순간 제가 거짓말쟁이인 것처럼 느껴졌다. 흰 가운을 입은 많은 사람들은 어려운 공부를 했다. 모두가 그 어려운 내용을 무리 없이 받아들였다. 그것이 사실인지도 의심하지 않고 말이다. 두꺼운 책에 영어로 적혀있는 것을 그저 이해하기만 했다. 저들이 이해하면 그 모든 것이 사실인 것처럼 말이다. 청년 역시 그들처럼 행동했다. 받아들인 지식으로 시험을 쳤다. 그 지식들을 전부 사실이라고 생각해야 볼 수 있는 시험들을 말이다. 이게 정말 사실일까, 진짜일까, 그 따위 질문들은 할 시간조차 없었다.

청년은 교수의 직속 연구소로 들어갔다. 교수는 청년은 신임했다. 제 아들처럼 아꼈다. 왜냐하면 그의 아들은 청년만큼 우등하지 못했기 때문이었다. 교수와 헤어진 청년은 제 연구실에 다시 틀어박혔다. 논문을 다시 훑기 위해서였다. 흰 가운부터 벗어 옷걸이에 걸었다. 청년은 창에 비친 제 모습을 보았다. 흰 가운을 벗은 청년은 초라해보였다. 흰 가운은 이곳에서는 갑옷과 같았다. 흰 가운은 누구나 그것을 입은 사람을 믿게 만드는 주문 같은 것이었다. 아까 교수와 마주쳤을 때처럼 웃어보였다. 암세포야 죽어라. 내게 달려들지 마라. 재미없는 제 얘기에도 눈을 빛내며 웃었던 엄마가 겹쳐보였다. 웃음은 엄마의 마지막 수단이었다. 청년은 나이가 들수록 엄마를 닮아갔다.

교수의 웃음 연구소에서 청년은 눈물을 연구했다. 진심을 다해 통곡

했을 때의 호르몬의 변화, 미량의 눈물이 눈 건강에 끼치는 영향, 소리 내어 울었을 때 심장 박동의 변화. 청년은 논문을 발표하고 다른 대학으로 직을 옮길 생각이었다. 청년의 논문은 사실상 교수에 대한 반란과 다름없었기 때문이다. 처음에는 쓸데없는 호기로 연구를 시작했다. 하지만 연구를 더해갈수록 청년은 자신감을 얻었다. 제 논문을 뒷받침할만한 증거는 어디든 있었다. 청년은 확신을 가지고 연구를 했다. 그러다가도 혼란스러웠다. 교수 역시 이 정도의 근거와 증거와 확신을 가지고 연구를 했을 것이란 생각 때문이었다. 하지만 교수는 거짓말쟁이다. 엄마는 죽었다. 암세포는 줄지 않았다. 그게 진실이었다면 엄마는 죽지 않았어야 했다. 그렇게 소년은 자꾸 꺼지는 자신감에 불을 붙였다.

생각해보니 소리 내서 통곡한 것이 꽤 오래 전의 일인 것 같았다. 청년은 논문을 내려놓고는 안경을 벗었다. 눈가로 온 힘을 모았다. 눈은 빨개졌지만 울 수는 없었다. 힘든 일이었다. 청년은 누군가 자신을 울려주길 바랐다. 하지만 그것 역시 힘든 일이었다. 소년 옆에는 걸어놓은 흰 가운 밖에 없었다. 엄마를 떠올렸다. 그러자 청년은 할 수 없이 입 꼬리를 끌어올릴 수밖에 없었다.

청년의 논문은 크게 화제가 되었다. 사력을 다해 울면 암세포들이 성장을 멈춘다는 것을 골자로 하는 내용이었다. 그 외에도 '울음'의 여러 가지 효과를 밝혀낸 논문이었다. 교수는 발끈했다. 청년은 화가 나 웃지 못하는 교수 앞에서 유연하게 발표를 했다. 타당한 주장들이었다. 청년이 준비한 방대한 양의 자료들은 청년의 정당성을 떳떳하게 뒤받쳤다. 청년은 발표를 마치고 환하게 웃었다. 교수는 발표를 끝까지 듣지 못하고 나가버렸다. 청년은 박수갈채 속에 들어주셔서 감사하다고 웃었다.

후에 청년의 연구를 지지하는 논문들이 계속해서 발표되었다. 그에 더해 교수의 논문에 대해 반박하는 사례도 늘어갔다. 대중들은 눈물, 울음의 힘을 찬양하기 시작했다. 허심탄회하게 울어 버리세요, 의사들도 환자에게 희망을 가지고 웃으라는 말이나 기도하라는 말 대신에 그런 말을 더 자주했다. 그럴수록 교수는 힘을 잃어갔다. 청년은 유명해졌다. 한창 때의 교수처럼 청년은 자주 TV에 출연했다.

하지만 청년은 TV에 나와 울어야 한다고 말을 하면서도 울 수 없었다. 카메라 앞에서 대성통곡을 할 수는 없는 일이었다. 울어야 한다고 말하며 밝게 웃는 제 모습을 돌려보면서 청년은 울고 싶다고 생각했다. TV 속의 청년은 강력했다. 누구나 청년의 말을 의심 없이 믿었다. 흰 가운이 청년에게 아주 잘 어울렸다.

청년 덕분에 거리에서 우는 사람이 늘어났다. 눈물과 울음의 효능이 증명 된 후에는 사람들이 더 이상 우는 것을 민망해하지 않았다. 남자들도 슬픈 영화를 보고 아주 쉽게 울었다. 여자들은 더 크게 울었다. 청년은 아주 명망 높은 생명 과학자가 되었다.

우는 것은 좋은 일이라는 것이 거의 상식이 되어 갈 즈음엔 청년의 머리에도 흰머리가 자리 잡기 시작했다. 교수의 부고를 받았다. 오랜만에 흰 가운을 벗고 검은 옷을 챙겨 입었다. 영정 앞에 섰다. 모두들 슬프게 울고 있었다.

그는 울 수 없었다. 그는 천천히 절을 했다. 타들어가는 향과 수북한 국화꽃 냄새가 어지럽게 섞여있었다. 검은 옷을 입은 사람들은 진심을 다해 울고 있었다. 우는 것과 웃는 것, 사실 둘 다 별 것 아니었다. 그저 우는 것은 우는 것이고 웃는 것은 웃는 것이었을 뿐이다. 그의 논문에 대해서 교수는 충분히 반박할 수 있었다. 그가 '울음'에 대해 100가지를 증명하면 교수는 '웃음'에 대해 101가지를 증명하면 되는 것이었다.

하지만 사람들은 그를, 새로운 신을 너무도 믿고 있었다. TV를 틀면 불신 때문에 온갖 사건 사고가 벌어지고 있었다. 하지만 그런 불신은 그를 비껴갔다. 가장 터무니없는 말을 하는 건 그가 생각하기엔 자신이었다. 하지만 다른 이들은 모두 그를 가장 많이 믿었다. 누가 옳고 누가 틀렸느냐 하는 것은 이미 중요하지 않았다. 대중이 무엇을 더 믿느냐가 중요했다. 흰색 가운은 교수보단 그에게 더 잘 어울렸다.

이제 그는 스스로의 진심이 무엇인지 알 수 없었다. 그는 발가벗고 싶은 충동이 들었다. 그는 머리를 조아린 채로 소리 내어 웃었다. 장내의 모든 시선이 그에게로 향했다. 그는 더욱 크게 웃었다. 너무 웃어서 머리가 아프다고 생각하니 그제야 눈물이 나오기 시작했다. 사람들은 그가 웃는 것인지, 우는 것인지 알 수 없었다.

부분과 전체

강우재 / KAIST 기계공학과 2010학번

| 부분과 전체 |

강우재 _ KAIST 기계공학과 2010학번

몇 년 전, 서점에서 순수하게 호기심으로 인해 현대 물리학에서 특히 '불확정성의 원리'로 유명한 독일의 이론 물리학자 하이젠베르크가 쓴 '부분과 전체'라는 책을 읽게 되었다. 그 당시 하이젠베르크에 대해 배우고 있어서 아는 이름이 나오자 반가웠던 것 같다. 지금에 다시 왜 하필 이 책을 읽게 되었을지 생각해보니 책의 제목의 의미가 궁금해서 집어든 것이 계기였던 것 같다.

불확정성의 원리뿐만 아니라 현대 물리학의 기초를 쌓은 위대한 독일의 과학자 하이젠베르크는 과학이란 실험에 바탕을 두며, 그 실험을 하는 사람들이 실험에 대해 서로 생각하고 토론하는 과정에서 성과를 거둔다고 하였다. 그는 또한 이런 토론이 과학을 발전시킨다고 하였다. 그가 활동했던 1900년대 초반에 급격히 발전한 원자물리학은 그 존재성의 철학적인 논증에서부터 윤리적, 정치적인 문제에 이르기까지 여러 가지의 문제들에 대해 관여했으며 그 당시 사회의 분위기 또한 이 새로운 이론의 등장에 여러 가지로 혼란스러운 상태였다. 그 시기에 주역이었던 하이젠베르크는 여러 분야의 사람들, 예를 들어 실용주의에 입각한 학자, 생물학자, 다화학자, 철학자, 언어학자, 정치학자 등과 대화하며 원자물리학의 개념과 활용 범위 등에 대해 토론하며 자신과 다른 이들의 이론적 기초에 대해 다시 고민하며 그 정의와 의미에 대해 생각한다.

이 책에서 하이젠베르크와 여러 사람들과의 토론과 대화 과정을 보며 첫 번째로 '정말 부럽다. 대단하다'라고 생각했다. 거의 모든 대화 상대들이 노벨 물리학상을 받은 세계적인 석학들이었기 때문이다. 또한 그들의 대화가 단순히 물리학이 아닌 철학적이고 정치적인 여러 문제에 대한 것들도 포함되었기 때문에 신기하였다. 과학자란 단순히 자신의 연구만 할 줄 아는 사람이 아닌, 역사와 사회 등에도 관심이 많은 사람이며 그들은 항상 깊은 고찰을 하며 철학적인 지식도 중요하다는 것을 알았다. 이 중 기억에 남는 대화는 미국의 실용주의에 입각한 실험 물리학자 '버튼'과의 대화였다. '버튼'은 뉴턴의 고전역학에서 양자역학으로의 변화가 예를 들면 엔지니어들이 건설작업을 할 때 주어진 공식이 충분하지 않아 몇 가지 보조항을 더하는 정도의 변화라고 생각한다. 한마디로 개념의 확장은 필요하지 않으며 단지 몇 항목이 추가되었다는 것이다. 하지만 하이젠베르크는 그의 생각은 잘못되었다고 말한다. 뉴턴의 고전역학적인 공식들은 그 자체로 개념적으로는 완전무결하지만 그 자체만으로 도저히 꿰뚫을 수 없는 경험영역을 위한 새로운 개념체제가 필요했으며 그것이 상대성 이론, 양자역학이라고 한다. 그 후 이들은 그렇다면 완전무결한 자기 완결성이란 무엇이고 그 범위는 어디까지인가에 대해 이야기한다. 지금이야 과학이 이 당시보다 훨씬 발전되어 하이젠베르크의 말이 당연하다고 여겨지나, 이 당시 이런 통찰력을 가진 그가 정말 대단하다고 느껴졌다. 대화 뒤에서 그는 '나는 자연과학에서 그 연관성이 궁극적으로 매우 단순하다는 것을 확신한다.'라고 말한다. 그 후에 그가 말한 것이 참 인상적이다. '인간도 자연의 일부이며 자연을 형성하는 힘과 우리 사고의 구조를 책임지는 힘이 같은 질서를 만드는 힘이라고 믿는다.' 그의 말 속에서 그의 이런 통찰력은 엄밀한 수학적, 철학적 지식과 그 자신의 신념에 의해 가지게 되었다고 확신했다.

여러 물리학자들에 의해 급격히 발전된 원자물리학은 대부분의 사람이 알고 있듯이 1945년 미국이 일본에 핵폭탄을 투하하는데 기여하였다. 하이젠베르크는 원자폭탄의 개발자가 누구든, 핵분열을 발견한 것이 누구든지 간에 언젠가 누군가는 해야 할 일이기 때문에 개개인에게 다른 사람들보다 더 많은 책임을 지울 수 없다고 한다. 또 기술적 진보에 이바지할 것을 목표로 한 개인들에게 진보만이 과제가 아니라, 여러 연관성에 대한 해결 방책 또한 고려해야 정당한 결단을 내릴 수 있다고 한다. 나는 이 말에 전적으로 동감한다. 내 생각에 현대에 들어서 아리스토텔레스의 말 '인간은 사회적인 동물이다.'라는 말의 의미가 더 깊어졌다고 생각한다. 수백 년 전만 하더라도, 한 개인의 발견은 사회를 바꿀 수 없거나, 그 발견이 사회에 나오지 못하고 묻혀버리는 경우가 많았다. 예를 들면 신에 반한다는 이유로 금서가 되어 수도원 깊은 곳에 갇혀 전설로만 남은 책이라든지 말이다. 하지만 지금은 지구촌 사회라 할 정도로 서로의 지식, 정보 공유가 매우 빠르게 되고 있으며 자신이 혼자 연구하다 그 자료를 혼자 가지고 쓸쓸히 외롭게 죽는 사람은 없다고 본다. 아무리 은둔형의 학자여도 편지 등의 매체로 자신의 연구를 발표한다. 따라서 어떤 방향이 되든지 그 사람의 연구, 그 사람이 한 발견은 우리 사회에 조금이나마 영향을 끼칠 수밖에 없게 되었다. 여기서 나는 '과학은 가치중립적이다'라는 명제가 이제는 거짓이라고 생각한다. 과학이 가치중립적이라는 것은 가치중립적의 정의에 의해서 '과학적 사실이나 기술 그 자체는 철저히 중립적인 것으로서, 아무런 다른 의미나 가치를 지니지 않는다는 것'이다. 예를 들어 어떤 생물에 대한 연구가 있다고 하면, 그 연구는 생물에 관한 지적 호기심을 충족시켜 주는 것일 뿐 다른 사회학적 의미나 정치적 함의를 띠지 않은 순수한 것이라는 의미이다. 하지만 과학자가 어떤 연구를 하면 그 자신의 주관이 연관되어 시행되며 그의 가치판단에 의해 연구가 진행된다고 생각하며, 또 그가 얻은 연구 결과 자체도 주관적인 요소가 배제되지 않고 해석이 되기 때문에 과학은 가치중립적이지 않다고 생각한다. 나는 과학이 가치중립적이라는 것을 주장하는 것은 사회에 대한 결과의 책임회피라고 생각한다. 언급했다시피 그들은 더 이상 골방에서 혼자 고뇌하는 사람들이 아니기 때문이다. 과학이 아닌 자연의 진리만이 가치중립적이라고 생각할 수 있을 것 같다. 그것은 우리 세계에 수억 년 전부터 그렇게 존재해왔기 때문이다.

현대 사회의 학문은 예전보다 더욱더 다양해지고 또한 세밀해지고 있다. 예를 들어, 기계공학만 하더라도, 의공학, 로봇공학, 나노공학, 유체공학 등등 그 분야를 헤아리기 힘들다. 같은 기계공학을 전공하더라도 로봇을 전공한 사람은 유체 등 다른 분야는 거의 무지할 수 있다는 것이다. 따라서 요즘의 학자들은 전체를 보는 시야가 좁아지기 쉽다고 생각한다. 자신의 분야만 공부해도 힘들고, 그 분야만 공부하다보면 큰 것을 놓치기 쉽기 때문이다. 큰 것이란 자신이 왜 그것을 배운다든지, 어떻게 해야 인류를 위한 도구가 될 것인지 등을 의미한다. 한 예로, 책에 나온 나치즘이라는 부분적인 것에 집착하는 젊은 히틀러 유겐트의 지도자를 들 수 있다. 그는 인류 전체를 못보고 부분적인 질서에 집착해 부분적으론 옳으나 전체적으로 볼 때 쓸모없으리라 생각되는 집착을 한다. 이것이 이 책의 제목의 의미가 아닐까 싶다. ‘부분과 전체’. 부분만을 보다가 전체를 놓칠 수 있다는 것. 책에서 나타난 저자 하이젠베르크의 성격을 보면 그는 어떻게 이를 해결하는지 알 수 있다. 하이젠베르크는 자신의 연구를 작은, 세밀한 부분까지도 계산하고 생각하는 천재적인 지성을 지녔으며 정확하게 처리한다. 또 그것을 검토할 적에는 넓게, 전체적인 관련성을 보는데 자신이 한 연구보다 더 할 정도의 시간을 보낸다. 앞에서 잠깐 얘기했던 대화들이 바로 그것이다. 자신이 발견한 것에 대해 다른 동료 과학자들과 철학적인 개념에 대해서도 얘기하고, 다른 학문을 하는 사람과도 얘기하며 그들의 연구와 어떤 관련이 있는지, 개념적으로 틀린 곳은 없는지 등 말이다. 이 책을 읽으며 나도 하이젠베르크처럼 자신의 분야에서도 최고일 뿐만 아니라 자신의 기술이 쓰일 수 있는 사회에 관심이 많고 여러 지식을 가진 사람이 되어야겠다고 다짐했다. 나는 아직 학부생이지만 공부할 때 어떤 자세를 가져야하는지, 나중에 내가 연구할 때 어떤 자세로 연구에 임해야 하는지 깊은 생각을 하게 해주는 책이었다. 부분적으로 극도로 신중하게, 그 다음에는 전체적인 상황에서 관련성을 재검토하는 것. 하이젠베르크처럼 나중에 여러 사람들과 내 연구에 대해 토론하는 것을 상상하니 설렜다.

원자력 발전에 대한 대중들의 인식에 변화가 필요하다

김기덕 / KAIST 항공학과 2009학번

원자력 발전에 대한 대중들의 인식에 변화가 필요하다

김기덕 _ KAIST 항공학과 2009학번

누구나 한번쯤 에너지와 관련 되어 환경 문제에 대한 이슈를 들어봤을 것이다. 모두가 중요하다고 생각하지만 정작 아무도 관심을 가지지 않는다. 혹은 관심을 가지더라도 그것은 일시적인 경우가 많다. 환경 문제에서 논란의 중심에 있는 것이 바로 CO^2, 즉 이산화탄소다. 이산화탄소는 온실효과를 유발하는 기체로서 지구 온난화 현상을 야기한다. 이전의 에너지 발전 방식은 대부분이 화석연료를 이용해 왔고, 이 발전 방식 도중에 많은 이산화탄소가 발생한다. 그렇기에 일부 사람들은 대체 에너지원으로서 환경문제를 해결하는 방법이 이산화탄소 발생량이 적은 원자력이라 믿고 있다. 또한 최근에는 원자력 문화 재단이라는 기관이 창설 되면서, 원자력을 유일한 대체 에너지원이라 홍보하고 있다. 그러나 이러한 홍보에는 문제가 있으며 대중의 인식의 변화가 필요하다. 특히 안전성, 효율성, 핵폐기물 처리에 있어서 원자력에 대한 대중의 인식이 부적절하기 때문에 더욱 그렇다.

실질적으로 원자력 발전은 안전하지 않다. 원자력 발전소는 매우 복잡한 구조를 가지고 있다. 대부분의 발전소의 건설 기간이 10년이 넘는다는 것을 고려하면 이 사실은 자명하다. 사실 이런 복잡한 발전소 시설에서 사고를 발생시킬 수 있는 모든 요인을 일일이 통제하는 것은 불가능에 가깝다. 그 예시로서 후쿠시마 원자력 발전의 경우를 들어보자. 지난 3월 16일 열린 도쿄의 기자회견에서, 후쿠시마 제1핵발전소 설계자인 오구라 시로는 "설계 당시에는 지진해일에 대해서는 거의 무지에 가까운 상태였다"라고 발표했다. 즉 예상치 못한 변수나 통제할 수 없는 변수가 항상 존재 한다는 것이다. "후쿠시마 원전 사고 이후로 원전에 대한 생각에 변화가 있었나?"라는 질문을 해보았다. 이 질문의 대답에 응답자 중 대다수(75%)가 원자력 발전이 안전하다는 생각에서, 위험하다고 생각을 바꿨다고 답했다. 이러한 경향은 후쿠시마 사고 이후 검색어에 방사능 수치가 연일 상위권을 차지하는 것을 통해서도 알 수 있다. 이웃나라 일본에서 일어난 원전 사고인데도 사람들이 불안감을 느낀 것을 알 수 있었다. 또한 원전 사고에서 피폭에 대한 언급을 빼놓을 수 없다. 체르노빌 사태를 통해서 사람들은 피폭의 위험성을 알고 있다. 사실 피폭이 정말 두려운 이유는 세대를 지나서 우리 후손에게까지 영향을 끼칠 가능성을 가지고 있기 때문이다. "원전을 계속 건설한다면 우리는 영원히 수용 불가능한 위험을 안고 살아야한다"라는 표현이 적절하다고 생각한다.

두 번째는 일반적으로 원자력 발전이 저비용에 고효율을 가지고 있다고 대중이 알고 있는데, 이는 잘못 알고 있는 것이다. 실제로 설문조사에 따르면 응답자중 87%에 달하는 사람들이 원자력이 매우 효율적인 에너지원이라 답했다. 이것은 단순하게 1KW당 에너지 발전 단가를 생각했을 때이다. 하지만 우리가 생각해야 되는 것은 원자력으로 에너지를 만들어 내기 위한 전체 비용이다. 원자력 발전소를 건설하는데 5조가 넘는 비용이 든다고 알려져 있다. 추가적으로 건설비용의 1.5배에 이르는 발전소 폐로와 핵폐기물 처리 비용을 생각하면 원자력 에너지의 생산단가가 결코 저렴할 수 없는 게 현실이다. 사람들은 화석연료는 100년 안에 고갈되지만, 원자력 에너지는 아직 풍부하다고 믿고 있다. 이 믿음에 기초한 인식은 고갈됨에 따라 가격이 올라가는 화석연료를 사용하기 보다는 원자력 에너지를 사용하는 것이 효율적이라고 생각을 유도한다. 중요한 요점은 원자력 에너지를 오래 사용하기 위해서는 재처리 시에 라는 전제 조건이 붙는다. 하지만 재처리 과정에서 핵폭탄의 원료인 플루토늄의 추출이 가능하기 때문에, 핵확산금지조약(NPT)에 따라 미국 등의 일부 국가를 제외한 대부분의 국가에서 핵연료 재처리는 금지되어 있다. 재처리 과정을 고려하지 않았을 경우, 매장량을 기준으로 계산했을 경우에는 학자마다 추정치가 다르지만 화석연료와 같이 100년 안에 고갈된다고 한다. 결과적으로 원자력이 저비용에 고효율이라는 대부분의 사람들이 일반적으로 알고 있는 사실과는 다르다.

또 다른 단점은 에너지 발전 후 폐기물 처리에 있다. 폐기물 처리라는 것은 방사능 수치가 통제 가능할 정도로 떨어질 때까지 콘크리트 벽안에 격리하는 것을 말한다. 수열 정책의원에 따르면 핵폐기물의 일종이 플루토늄-239의 경우 반감기만 2만 4천년에 달하지만 콘크리트 차단벽의 수명은 반감기에 비교할 경우 순식간에 불과하다고 지적했다. 즉 만년이 넘는 시간은 너무 길기 때문에, 원자력 발전소가 가동을 시작하는 순간부터 핵폐기물의 최종 처리장은 사실 지구에 존재하지 않는다고 볼 수 있다. 따라서 우리 후손들에게 계속해서 관리해야 할 짐을 떠맡기게 되는 것이다. 핵폐기물 처리시설 부지 결정도 사회적 문제가 되고 있다. 모순되게도 설문조사에 따르면, 많은 사람들이 원자력이 안전하다고 했지만, 응답자중 전체가 거주지 선정에서 원전에 관련된 시설과 멀어지고 싶기를 희망했다. 설문 결과에서도 알 수 있듯이, 님비현상이 일어나면서 부지 선정이 매우 어려워지고 있다. 결국 폐기물 처리는 환경적으로 그리고 사회적으로도 큰 이슈가 되고 있으며 해결하는데 애를 먹고 있다.

반면에 어떤 사람들은 화석연료 대신에 원자력 에너지를 이용함으로써 이산화탄소와 같은 온실가스의 발생량을 현저히 줄이면서 지구 온난화 위기를 대처할 수 있다고 주장한다. 최근에 환경을 중시하는 추세에서 우리가 당면한 문제를 해결 할 수 있다고 말한다. 그러나 이것은 옳지 않다. 위에서도 언급했듯이 발전 과정 전체를 봐야 한다. 원자력 발전에 사용되는 우라늄 채굴과 제련 과정에서 막대한 에너지가 소모되는데, 이는 대부분 화석연료가 사용된다. 추가 적으로 원자력 발전 후의 폐기물은 결국 열의 형태를 띠게 되는데, 결국 지구 내 에너지의 증가가 지속되어 지구의 기온 평형이 깨져 기후변화가 나타난다. 전 세계적으로 핵발전소가 대폭 증설된다고 해도 기후 변화를 막을 수 없다는 얘기다. 그러므로 원자력 발전을 통해 지구 온난화 문제를 해결할 수 없는 것이 명백하다.

위의 모든 것들을 종합해 봤을 때, 원자력에 대한 사람들의 인식은 분명히 잘못됐다. 원자력은 지구 온난화를 해결할 대체 에너지원이 아니며, 안정성이 떨어지고, 결과적으로 에너지 단가가 높다. 설문조사에서 대다수의 응답자가 원자력 에너지의 비율이 늘어나는 것이 찬성한다고 대답하였다. 하지만 이 결과는 원자력에 대한 대중의 인식이 잘못된 데에서 기인했다고 볼 수 있다. 결론은 원자력에 대한 올바른 정보를 통해,

원자력에 대한 대중의 인식 변화를 촉구하고, 원자력 발전의 의존성을
줄여야 한다.

즐거운 과학을 위하여

김다은 / KAIST 생명화학공학과 2010학번

| 즐거운 과학을 위하여 |

김다은 _ KAIST 생명화학공학과 2010학번

내가 과학에 대한 진로를 고민하던 시절, 주변 친구들은 종종 나에게 불평불만을 늘어놓았다. 과학이 재미가 없고 어렵기만 하다는 것이었다. 나는 너무나 안타까웠다. 많은 사람들, 그리고 많은 책들은 과학은 우리 주변에 언제나 가까이 있으며 친근한 존재라고 말하지만 많은 학생들의 과학에 대한 인식은 좋지 않다는 점이다. 실제로 OECD국가들을 대상으로 실시한 학업성취도 평가에서 성적은 매해 상위권이지만, 만족도는 평균 85%에 한참 밑도는 45%정도에 불과하다고 한다. 이에 대해 국가적 차원으로 새로운 교과서를 편찬하고 교육과정을 조정하는 등의 노력을 기울이고 있는 것으로 안다. 나는 학생으로 직접 경험하고 느꼈던 것들에 대해 이야기 하고 싶다. 주변 친구들이 대학교 입시 서류를 붙잡고 고민하던 졸업학기에 선생님들의 걱정을 뒤로하고, 두 번의 국제 대회에 참가하게 되었다. 덕분에 유럽과 아프리카를 모두 경험하게 되었고, 많은 사람들을 만날 수 있었다. 여기서 느꼈던 것들은 내가 여전히 생각하고 고민하고 있는 것 들이다. 순간순간 기억해보면 너무 아름다운 모습이었기 때문이다.

국제대회를 가보면 우리나라와는 다른 모습을 발견하게 된다. 첫 번째

키워드는 과학관이다. 대회가 열리는 과학관은 전시장 이상의 역할을 하고 있었다. 위치적으론 파리 시내 중심에 위치해있었다. 점심시간에 다른 나라에서 온 친구들, 대학생 도우미들과 산책삼아 샹젤리제거리를 걸어 개선문을 구경하고 반대편으로 걸으면 루브르 박물관과 콩코드 광장이 나오는 파리 중심지이다. 이처럼 대중들에게도 위치적 접근성이 매우 뛰어나다. 또한 대회가 열린 이 과학관 외에도 파리 시내에만 여러 곳의 과학관, 과학박물관 들이 존재한다. 내가 가본 곳만 생각해도 파리의 북쪽 외곽에 운하로 쓰던 곳을 재개발하여 거대한 규모의 과학 공원을 조성한 곳도 있었고, 산업관련 과학관도 전문적으로 있었다. 그중 일주일 동안 매일같이 시간을 보낸 전시장인 과학관은 외부에서 보기엔 오래되어 고상한 건축물이다. 하지만 내부의 과학관 시설들은 매우 최신식이었다. 수시로 보수와 업데이트를 진행한다고 한다. 대회 참가 학생들의 오후 심사가 끝난 이후에 과학관을 체험 할 수 있는 시간이 있었는데, 매우 재밌는 곳이었다. 체험형 과학 전시물 외에도 학생들의 눈높이에 맞춰진 교과과정 연계 실험 강의들도 잘 되어있었다. 그중 우리에게도 2개씩 골라서 들어 볼 수 있는 기회가 주어졌다. 코리올리 효과는 직접 회전하는 원판위에서 공을 던지고 받아보며 깨우치고, 교과서에서만 보던 그래프위의 삼중점도 눈앞에서 직접 확인할 수 있었다. 평소에는 어린 학생들이 와서 보고 배우는 모습을 상상하니 부럽기만 했다. 실제로 과학 수업을 과학관에서 하는 경우도 많다고 한다. 전시기간 중에도 많은 공립, 사립학교들이 수업시간을 빼서 대회 참가자들의 연구를 관람했다. 과학관을 지어놓고 잘 관리하며, 잘 이용되는 모습이 참 보기 좋았다. 우리나라도 과학관에 대한 투자가 많아졌으면 좋겠다. 가장 최근에 지어진 과천 과학관 이외의 국립 과학관들은 지어진지 오래되어 이제는 사람들의 발길이 뜸하다. 우리나라의 과학 도시로 불리는 대전의 국립중앙과학관도 '중앙'이라는 이름이 무색할 정도이다. 학교에서 가까워 종종 자전거를 타고 가곤 하는데, 어린 나에게도 아쉬운 부분이 많이 보인다. 내가 초등학교 때부터 거의 매년 방문하면서 느끼는 것이지만 전시물들이 달라지는 것이 보이지 않는다. 몇 년째 오작동인 전시물들도 많을뿐더러, 현대사회에서의 과학 기술 발전 속도는 매우 빠른데 전시물들은 10년 전 기술들을 소개하고 있다. 우리나라도 좋은 과학관을 짓고, 유지 및 발전시키는데 힘써 교육의 장으로 잘 활용하면 좋을 것 같다. 교실에서 배우는 딱딱한 수업보다 훨씬 능동적인 수업을 할 수 있기 때문이다.

두 번째는 사람들의 인식이다. 이번엔 아프리카의 튀니지 이야기를 예로 들어보고자 한다. 튀니지는 우리나라보다 면적이 작은 나라로 경제수준도 높지 않다. 하지만 사람들의 관심은 놀라울 정도였다. 학교에서 단체로 대회장을 방문하는 것은 물론이며 가족단위의 관람객도 굉장히 많았다. 그들은 소심하게 구경만 휙 하고 지나가지 않는다. 관심 있는 연구가 있으면 직접 물어보고 필기도 하는 모습이 곳곳에서 발견 되었다. 나의 연구를 전시해놓은 부스에도 사람들이 끊이지 않았는데 굉장히 다양한 사람들이 찾아주었다. 유치원에 다닐 것 같은 어린 아이부터 백발의 신사까지 남녀노소를 대상으로 내 연구를 소개 하게 되었다. 그중 특히 기억에 남는 사람들이 있다. 자기 아들이 이와 관련된 연구를 하고 있는데 관련 연구소를 소개해 주고 싶다면서 명함을 남겨주시는 분도 계셨고, 어떤 학생은 영어로 질문하기가 어려웠는지 영어를 할 줄 아는 친구를 데려와서 물어보기도 했다. 이러한 상황이 나에게만 일어나는 것이 아니라 일주일간의 평범한 일상이었다. 대회 참관을 오는 사람들이 특별히 과학에 종사하고 있는 사람들에게만 제한된 것도 아닌 누구에게 나 열린 자리였는데도 말이다. 나는 여기서 과학에 대한 관심과 사랑이 일부에게만 제한된 것이 아니라 대중적이고 일반적인 것이라는 느낌을 받았다. 또한 그들은 즐기는 방법을 안다. 과학을 학문으로 받아들이기 이전에 가볍고, 즐겁게 즐기는 형태로 받아들이는 것 같았다. 앞에서 언 급한 과학관의 활용도 그 이유 중의 하나인 것 같다. 그래서 대회의 장 은 매일매일 축제 분위기였다. 우리나라에서 비슷한 형태의 과학 탐구 대회를 나가보면 본인의 발표 대본을 외우기 바쁘고 서로 견제하는 분 위기인데, 외국의 대회들에게선 전혀 느껴볼 수 없었다. 매일매일 저녁 마다 다양한 문화 행사들에 즐기는 것도 대회 참여의 중요한 부분이다. 심지어 세계에서 가장 크고 경쟁력 있는 국제과학경진대회인 'ISEF'에서 는 심사 전날 오직 참가 학생들을 위한 댄스 파티가 열린다고 한다. 경 쟁하느라 눈치 볼 필요도 없고 그냥 매시간 함께 즐기면 되는 것 이었 다. 즐긴다는 것이 얼마나 큰 힘인지는 논어의 구절에서도 설명된다.

"천재는 노력하는 자를 이기지 못하고, 노력하는 자는 즐기는 자를 이 기지 못한다." 논어의 한 구절을 풀어 설명한 유명한 글귀 중 하나이다. 즐긴다는 것, 사실 간단하다. "즐겁게 누리거나 맛보다.", "무엇을 좋아 하여 자주 하다."로 국어사전은 정의하고 있기 때문이다. 하지만 간단하 다고 해서 쉬운 것은 아니라고 생각한다. 1+1의 결과 값이 2인 것은 간 단한 문제이지만 그 이유를 설명하자면 종이 한 장으로도 부족 한 것과 같은 이유이다. 이처럼 본인 스스로, 즐기는 인생을 살고 있다고 답할 수 있는 사람은 많지 않을 것이라 생각한다. 나도 이 물음에 어떠한 대답을 내릴지 잘 모르겠다. 하지만 분명한 것은 즐기는 인생을 사는 것이 개인의 목표와 사회의 목표에 일반적으로 부합하다는 것이다. 과학을 기초로 공부하는 대학생으로서 경험을 바탕으로 이 문제에 대해 생각해보았다. 과학의 길을 걷고 있는 많은 사람들뿐 아니라 일반 대중들에게도 과학에 대한 즐거운 추억이 한 개쯤은 있었으면 좋겠다. 즐거운 추억이 바탕이 된다면 이상적인 과학교육과 산업의 성장도 기대할 수 있을 것이다.

과학이 어떻게 대중에게 접근해야 하는가

김민유 / KAIST 기계공학과 2009학번

과학이 어떻게 대중에게 접근해야 하는가

김민유 _ KAIST 기계공학과 2009학번

며칠 전에 친구의 블로그에서 어떤 글을 보았다. 당시 신문 기사로 '울음이 감정 해소에 큰 도움이 되지 않는다.'는 어떤 대학의 연구 결과가 실렸는데, 그 친구는 이 결론이 마음에 들지 않았던 모양이었다. 친구는 신문 기사를 자신의 블로그에 붙여 넣고, 아래에 다음과 같은 글을 덧붙였다. '울음이 감정 해소에 도움이 안 된다고? 그건 감정 자체를 별로 깊이 느끼지 못 하는 당신 같은 과학자들이 상황을 설정했기 때문이지!' 그 연구는 네덜란드 여성을 대상으로, 슬픈 영화를 보여준 후 사람들의 감정 변화를 기록한 후 분석한 하나의 실험과 실험 결과였다.

많은 사람들이 과학자, 혹은 과학에 대해 갖는 생각은 무언가 역설적이다. 사람들은 과학 이론, 혹은 연구 결과에 대해서는 관대하면서, 과학자들의 인간적인 면모에 대해서는 엄격하다. 흔히 과학은 항상 답이 있는 학문이라고 이야기하고, 따라서 그 방식과 접근이 인간적인, 사회적인 면에는 적용될 수 없다고 생각한다. 물론 모두 옳지 않은 이야기이다. 과학이라는 학문 역시 다른 학문과 마찬가지로, 수많은 관찰과 연구결과와 이론들이 쌓여서 만들어진 '정설'로 이루어져 있을 뿐이다. 고등학교 때 배우는 역사, 사회 교과의 문제들에 정답이 있듯이, 과거의 수많은 과학자들이 만들고 검증해 온 이론들에 대해서는 답을 논할 수 있다. 하지만 현대의 연구나 현대의 이론들을 살펴보면, 정확하게 증명되지 않은 것이나 기대치를 논하는 것들이 많다. 정설로 받아지던 이론이 시간이 지나면서 부정되는 경우도 많이 있어 왔고, 기술적인 문제들은 여러 가지 방법의 차이에 따른 다양한 답이 존재한다. 문제는 이것이 사회로 전달될 때, 유독 과학만큼은 그 불확실성과 제한된 상황에서의 결과라는 것을 배제한 채 사실인 것처럼 대중에게 전달된다는 것이다. 이러한 양상은 대중들에게 과학이라는 학문에 대한 올바르지 못한 인상을 주게 된다. 뿐만 아니라 과학이 하나의 정확한 답만을 찾는 것이라는 생각에 과학에서 쓰이는 연구 방법이 사회나 사람들에게 적용되었을 때 대중이 그에 대해 반감을 가지게 한다.

과학과 기술이 우리 일상생활에서 뗄 수 없는 존재라는 사실에는 누구도 반박하지 않는다. 우리가 누리고 있는 현대 생활의 많은 편리함들은 기술의 발전으로부터 출발했다. 그러나 그 기술에 대해, 혹은 그 기초 지식에 대해 잘 아는 사람들은 그리 많지 않다. 물론 모든 사람들이 우리가 사용하고 또한 속해 있는 현대 문명에 대해 전부를 정확히 알 수는 없을 뿐만 아니라 그럴 필요도 없다. 그래도 많은 사람들 사이에서 과학과 사회를 이어야 한다는 목소리가 높고, 또 '과학의 대중화'를 위해 노력하는 사람들이 많다. 시중에는 일반인을 위한 과학책들이 많아지고 있고, 일반인을 대상으로 한 과학 강연도 많아지고 있다. 이러한 노력들을 통해 대중이 과학에 대해 친근하게 느끼고, 그들이 현대에 이루어지고 있는 과학적, 기술적 진보에 대한 지식을 가지게 한다. 그렇지만 대부분의 이러한 노력들은 일반인에게 과학적 지식을 쉽고 재미있게 전

달하기 위한 노력일 때가 많다. 예컨대 일반인들이 미술이라는 것에 접근할 때, 미술사적 지식과 미술의 의미, 혹은 미술을 제대로 감상하는 방법 등에 대해 공부한다면, 일반인들이 과학에 접근할 때에는 주로 기초적인 과학 지식에만 치중한다는 것이다.

과학이 대중에게 친밀하게 느껴지는 것만큼 중요한 일은, 과학이 무엇을, 어떻게 연구하는 학문인지를 알리는 것이다. 특정 이념이나 의견을 가진 사회학자나 경제학자들이 전문가로 위장해 대중들에게 한 가지 이야기만 전달할 때 사회가 옳지 못한 방향으로 나아가게 되듯이, 과학 또한 사람이 수행하는 학문인만큼 그 결과나 의미에 대해 한 가지 의견만 듣게 된다면 그것을 제대로 활용하고 이해하는 데에 어려움을 겪을 것이다. 특히 과학이나 기술이 사회에 적용될 때, 그것을 선택하고 사용하는 사람들이 '과학적'이라 하여서 어떠한 사실에 대해 의문을 가지지 않거나 다른 대안에 대해 고려해보지 않는다면 그것은 과학이 현대 사회에 중요한 만큼 큰 독이 될 수도 있다. 한 때 신기술을 사용해서 건강에 좋거나, 더 효율적이라고 광고하던 물건들이 나중에는 오히려 안 좋은 평가를 받기도 한다. 자기 부상 열차, 장기 복제 등은 미래의 삶을 더 풍요롭게 해 줄 기술들로 주목 받았지만 그 예상과는 다르게 아직 실용단계에 한참을 다다르지 못하고 있다. 새롭게 과학적으로 밝혀진, 이러한 기술들은 충분히 검증되지 않았기 때문에 과학적 사실이라기보다는 하나의 이론 혹은 그저 다른 방법에 불과하다. 그것이 과학적인 방법을 통해 발견되었다고 해도 말이다. 대중이 이 차이를 이해하는 것은 매우 중요하다. 과학이라는 학문의 범위가 커지고, 새로운 기술이 일상생활에 미치는 영향이 커질수록, 대중은 과학과 기술을 선택해야 할 일이 더욱

더 많아질 것이다. 이때 눈앞에 있는 전문가의 말을 듣기 보다는 과학이
라는 학문 안에서도 서로 다른 의견과 결과가 있다는 것을 의식하고, 더
많은 자료를 찾아보거나 같은 분야의 다른 전문가를 찾아가는 등의 행
동을 할 수 있어야 한다.

이러한 변화를 일으키기 위해서 과학자들이 혹은 일반 대중이 해야
할 일은 여러 가지가 있을 수 있다. 우선 과학적 지식만을 전달하는 현
재의 교육 방식, 혹은 과학계의 접근에서 벗어나야 한다. 대중이 스스로
과학 또한 다른 학문들과 마찬가지로 논리적 사고에 기반하고 진행된다
는 것, 모든 실험에는 제한성이 있다는 것, 모든 과학적 법칙들은 그저
수많은 관찰에서 시작되었다는 것, 과학이 모든 것을 설명할 수는 없다
는 것 등 여러 가지 과학이라는 학문에 대한 고찰을 할 수 있도록 해야
한다. 원자가 어떻게 이루어졌고, 우리 몸은 어떻게 생겼으며, 전구에 빛
이 어떻게 들어오는지 보다 훨씬 중요하고, 먼저 이루어져야 되는 것이
바로 과학의 본질에 대한 고민이다. 과학을 하는 사람 뿐 아니라 과학을
이용하는 사람들도 이러한 부분들을 알고 있어야 한다. 그래야 과학의
이름을 이용한 속임수에 넘어가지 않고 과학을 올바르게 우리 사회에
이용할 수 있을 것이다.

'스마트'한 시대에 사는 '스마트'하지 못한 나의 이야기

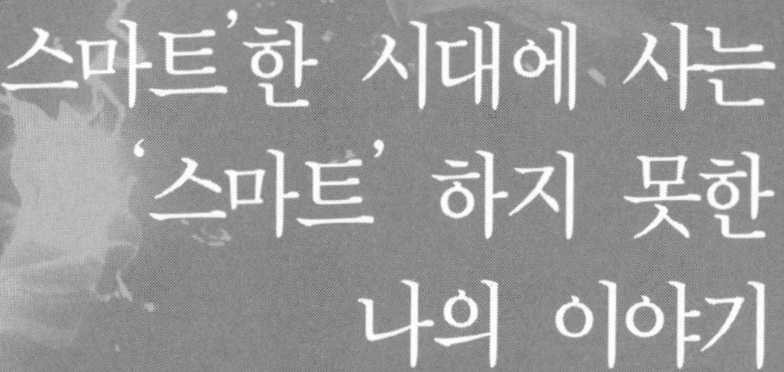

김봉준 / KAIST 생명화학공학과 2008학번

| '스마트'한 시대에 사는 '스마트' 하지 못한 나의 이야기 |

김봉준 _ KAIST 생명화학공학과 2008학번

애플사가 아이폰을 2007년에 출시한 이후 스마트폰의 돌풍이 시작되었고 삼성의 갤럭시 등이 개발되면서 스마트폰이 통신 쪽 시장을 확실하게 장악했다. 하지만 나는 스마트폰이 없다. 주위에서는 거의 다 스마트폰을 들고 다니고 몇 남지 않은 비 스마트폰 동료들도 하나둘 스마트폰으로 바꾸고 있다. 그렇지만 앞으로 일 년 동안은 지금 쓰고 있는 폴더 폰을 사용하려하는 나는 소위 말하는 레이티스트 유저이다.

친구들은 나에게 계속 제발 스마트폰으로 좀 바꾸라며 재촉도 하고 면박도 준다. 물론 나도 왠지 시대에 뒤처지는 것 같아서 바꿔야겠다는 생각도 가끔 하지만 아직은 별로 불편함을 못 느끼고 있다. 이렇게 비 스마트한 나에게 친구는 자신의 스마트 삶에 대해 이야기 해주며 나를 유혹하고 있다.

슬리프 사이클이라는 애플리케이션이(이하 앱) 사용자가 잠자는 패턴을 침대의 출렁거림으로 감지하여 알맞은 음악으로 깨워준다고 한다. 하지만 이런 앱이 없어도 나는 잘 자고 아침에 잘 일어난다. 내 구형 휴대폰의 알람기능이 강렬한 음악으로 내가 절대로 수업에 지각하지 못하도록 매일같이 깨워주고 있다. 스마트폰으로 확인한다는 블로그, 뉴스 등도 노트북으로 충분히 확인할 수 있다. 커다란 화면으로 세상과 접속 할 수 있는데 왜 굳이 손바닥만한 창으로 세상과 소통하려 한단 말인가. 제일 먼저 스포츠, 연예, 마지막으로 시사 뉴스 등을 한번 쭉 훑고 나서 이메일을 확인한다. 과대표 일을 맡고 있는 나에게 과사무실 선생님께서 공지사항을 많이 보내오신다. 바로 과 클럽 홈페이지에 접속해서 공지사항들을 하나씩 복사-붙여넣기로 쓰고는 등록한다. SNS(소셜 네트워크 시스템)도 한번 확인해본다. 흔히 스마트폰을 쓰지 않으면 SNS를 하지 못할 거라 생각하는 사람들이 있는데 컴퓨터로도 충분히 할 수 있다. 물론 실시간 알림 등의 기능은 없지만 SNS로 대학 친구들은 물론 고등학교, 중학교 친구들과도 꾸준히 교류한다. 남들에게는 고등학교, 중학교 친구들과 교류를 유지하는 게 너무 간단한 일일지 몰라도 외국에서 총 6년간 생활하고 고등학교도 졸업하고 귀국한 나에게 그 친구들과 계속 연락하는 일이 SNS가 아니라면 그리 쉽지만은 않다. 남들이 스마트폰으로 가장 많이 사용한다는 인터넷 확인, SNS 등의 활동을 나는 내 노트북으로 한다. 방에 있을 때만 할 수 있다는 단점이 있지만 이게 그렇게 불편한 일인가.

전공 열시 반 수업을 듣고 있다. 교제와 노트를 빼들고 교수님의 강의 중 중요한 점들을 열심히 필기해 놓는다. 그런데 옆에 친구는 태블릿 피시를 꺼내더니 교제 파일을 열고는 태블릿 피시용 터치펜으로 강의 내용을 필기한다. 그 기기 안에 오늘 있는 모든 수업의 강의 자료와 교제가 저장되어 있다고 한다. 이 친구가 태블릿 피시와 터치펜만을 들고 다니는 동안 나는 세 과목의 교과서와 필기구, 그리고 랩에 출근하는 날에는 노트북까지 들고 다니고 있다. 무겁다. 친구가 좀 부럽기도 하다. 하지만 이정도 무게는 짊어지고 다녀야 운동도 되지 않을까 싶다. 이런 생각을 하던 중 아뿔싸! 오늘 교양 수업에 필요한 피피티 자료를 뽑는 것을 깜빡 잊고 나왔다. 친구는 그 강의 홈페이지에 들어가더니 자료를 다운로드하고는 만족스러운 표정을 짓는다. 나는 전공수업이 끝나자마자 점심시간이 되기 전에 빨리 인쇄실로 가서 필요한 자료들을 뽑는다. 이럴 때는 나도 좀 '스마트'해지고 싶긴 하다……

수업이 끝나고 방에 왔다. 내 룸메이트가 침대에 누워서 다른 친구들과 카카오톡을 하고 있다. 카카오톡은 전혀 돈이 들지 않는다고 한다. 스마트폰이 없는 나에게 카카오톡은 그저 다른 사람들의 세상일 뿐이다. 이런 나에게 다른 친구들이 나에게 연락하려면 문자메시지를 써야 되서 잘 연락하지 않게 된다고 빨리 좀 스마트폰으로 바꾸라고 다시 독촉을 한다. 스마트폰은 몰라도 왠지 카카오톡은 있어야 할 것 같다. 얼마 전 길거리에서 예쁜 여자를 보고는 다가가 말을 붙인 후 번호 좀 줄 수 있겠냐고 핸드폰을 내밀었더니, '어! 카카오톡 안 되겠네요'라는 말을 들은 적이 있다. 물론 내 휴대폰이 스마트폰이었다고 해서 안 될 인연이 될 인연으로 이어지는 일은 없을 것이다. 하지만 이럴 때는 카카오톡이라는 세상에 나도 끼고 싶다. 물론 그러려면 스마트폰은 필수다.

친구들과 같이 저녁 식사를 하러 나간다. 오늘은 어은동을 벗어나겠다는 집념 하에 친구 차를 탄다. 스마트폰으로 '맛집'을 검색하고는 쌈밥 잘하는 집이 주변에 있다면서 오늘 저녁은 이곳에서 해결하기로 하고 차에 몸을 싣는다. 친구가 스마트폰으로 내비게이션 앱을 켠다. 내비게이션 앱의 도움으로 별 어려움 없이 처음가보는 식당에 도착했다. 역시 유명 블로그에서 자랑할 만한 '맛집'같다. 식당도 깨끗하고 맛도 좋고 기분 좋게 밥 먹고 기숙사로 돌아오니 숙제를 해야 될 듯하다. 주말까지 미룰 수도 있지만 이번 주에는 꼭 미리 숙제를 해놓고 주말에는 여행을 가고 싶다. 마침 친구가 같이 과학 도서관을 가자고한다. 숙제하는데 필요한 노트북, 교제, 노트, 필기구를 가방에 챙기고는 로비에서 친구를 기다린다. 그런데 역시나 '스마트'한 내 친구는 태블릿 피시와 노트만을 가져온다. 교제와 강의 노트, 필기가 전부 태블릿 피시에 들어있다.

평일에 도서관에 다니며 숙제를 다 끝낸 덕분에 주말 내내 자유시간이 생겼다. 친구들 중 혹시 같이 여행갈 사람이 있나 물어보니 다들 랩 출근, 집으로 상경 등의 이유를 대며 못 간다고 한다. 혼자라도 이번 주는 꼭 여행을 떠나고 싶다. 그래서 노트북으로 검색을 하기 시작했다. 국내 여행지 중 좋은 곳이 있나 쭉 살펴보다가 담양에 왠지 확 끌린다. 담양군청 홈페이지에 들어가 관광명소 등을 검색해보면서 여행 일정을 짠다. '맛집'들도 알아보고 숙박업소도 알아본 후 다 정리해서 인쇄해 놓았다. 스마트폰이 있다면 이렇게 꼼꼼히 사전조사 할 필요 없이 시시각각 앱을 사용해서 가까운 곳에 있는 관광명소, 음식점 등을 알아낼 수 있다고 한다. 하지만 나에게는 스마트폰이 없기에 이렇게 미리미리 여유 있게 준비하는 것이 필수적이다. 여행 중에는 스마트폰으로 사진을 찍고 메모를 하는 대신에 일회용 카메라를 하나 사서 사진을 찍고 다니고 수첩에 메모를 하며 돌아다녔다. 찜질방을 잠자리로 정하고 나서, 스마트폰으로 인터넷 서핑을 하며 시간을 보내는 대신 찜질방 주인 가족과 대나무 숯가마에 들어갔다 나왔다하며 담소를 나누었다. 하루 밤을 보내고 다음날 일찍 일어나 주변을 좀 돌아다니다가 다시 대전으로 돌아왔다. 포근한 기숙사 침대에 누워서 내일 아침 수업에 맞춰서 휴대폰으로 알

람시간을 맞추고는 서서히 잠이 든다.

스마트폰을 쓰는 사람들에게는 나의 이러한 삶이 답답하고 불편해 보일 것이다. 나 또한 가끔은 '이럴 때 만큼은 스마트폰이 있었으면 좋겠다'라는 생각을 한다. 2011년 현재 우리나라사람들 세 명에 한 명 꼴로 스마트폰을 쓰고 있다고 한다. 나 같은 20대에서는 물론 그 비율이 더욱 더 높을 것이다. 스마트폰으로 인해서 시공간의 틀이 깨졌고 삶이 점점 더 효율적인 방향으로 발전해 나아가고 있다. 하지만 이러한 변화가 항상 긍정적이지만은 않다. 전에 애기한 카카오톡, SNS 등으로 심지어 유럽에 있는 친구들과 실시간으로 대화를 나눌 수 있게 되었지만 바로 옆에 있는 사람들과의 대화는 이로 인해 줄어들고 있다. 가정에 불과하지만 만일 내게 스마트폰이 있었더라면 과연 담양 찜질방집 주인가족과 시간을 보냈을지 의문이 들기도 한다. 스마트폰, 태블릿 피시 등으로 사람들의 생활양식이 크게 변화하고 있다. 순기능을 보면 정말 부럽지만 이로 인한 역기능으로 인해 '스마트'하지 않은, 그대로 있는 나의 삶이 더 여유 있고 나아보일 때도 분명히 있다. 현실에서의 휴먼 네트워킹 등의 문제점들을 살피며 발전해야만 진정 '스마트'한 사람으로 거듭나지 않을까 싶다.

이공계 출신의 리더는 꼭 필요하다

김연수 / KAIST 화학과 2010학번

| 이공계 출신의 리더는 꼭 필요하다 |

김연수 _ KAIST 화학과 2010학번

나는 이 시대에 이공계를 전문으로 한 리더가 꼭 필요하다고 생각한다. 이공계 정치가 관련 사안들은 언제나 지하에서만 웅성거렸지만 얼마 전, 하나의 사건으로 표면으로 드러나게 되었다. 바로 안철수 신드롬으로까지 인터넷 상에서 이슈화되고 있는 그 일이다. 서울대 안철수 교수가 서울시장 선거에 출마한다는 것을 통해 '이공계 관련 리더가 과연 필요한가'라는 질문이 세상에 던져졌고 그 질문은 안일한 현실정치에 불만을 가지고 있던 시민들을 흥분시키기에 충분했다. 지금은 비록 출마하지 않겠다는 의견을 밝혔지만 안철수라는 사람은 매우 많은 타이틀을 가지고 있다. 전 안철수 연구소 대표이사, 현 서울대 교수, 전직 의사, 백신 개발자. 그러나 나는 그 모든 것보다 지난 학기까지 지나가면서 몇 번 인사를 한 적이 있는 교수님이라 더욱 더 주의 깊게 관심을 가지고 상황을 지켜보게 되었다. 사람들은 정말 극과 극의 반응을 보여주었다. 항상 그랬듯이, 찬성과 반대. 그러한 뻔한 반응이었지만 나를 놀라게 만든 것은 그 두 세력이 대등하게 양립하고 있는 것이었다.

반대하는 진영의 여론에서는, 안철수 교수가 정치를 배우지 않은 이공계 출신의 사람이라는 것이 가장 큰 거부감의 원인으로 작용하는 듯했다. 정치를 전공하지 않은 이공계 출신이라는 점도 그렇지만 사람들은 기존의 체제에서 큰 변화가 일어나면 지레 겁먹고 피하려고 하는 것 같다. 마치 자석의 같은 극을 마주보게 갖다 대놓은 것처럼 반발하고 본다. 그도 그럴 것이 지금 현 시점에서 이공계 출신으로서 정치에서 성공한 케이스가 드물다. 그동안 우리나라에서 이공계 출신의 정치인은 리더 옆에서 그 분야에 대한 조언과 제안을 해주는 것이 전부였던 것이다. 이렇듯 이공계 정치인의 무 존재감은 사람들 마음속에 이공계 정치인이 굳이 필요한가라는 의구심을 만들게 되었고 이 선례들은 이공계 정치인에 대한 부정적 인식으로 자리 잡아 거부감으로 표출되는 것이다. 또한 이공계 출신으로 정치에 입문하게 되면 정치에 대한 현실적인 감각이 떨어질 것이라는 추측도 반발심을 보이는 또 다른 이유가 되었다.

하지만 생각해보면, 이공계 출신이라고 해서 정치를 모른다는 것은 지나친 비약이다. 지금 한국의 현 국회의원들도 살펴보면 모두가 정치에 관련된 학문을 전공한 사람들은 아니다. 이웃나라를 보더라도 일본의 간 나오토 전 총리는 도쿄공대 응용물리학과 출신으로 총리직에 올랐고 중국 전 주석인 장쩌민은 전기학을 전공하고 후진타오 전 주석 또한 기계학 전공인 것을 쉽게 알아챌 수 있다. 외국에서는 이와 같이 이공계 출신의 정치인이 실제 정치에 참여하였다. 또한 이론으로 배우는 정치와 현실정치와는 큰 괴리가 존재한다. 이러한 괴리를 극복하는 것은 실전에 의한 경험뿐이다. 이 경험의 유무를 통해 대권주자의 지지유무를 결정할 수 있지만 그것이 '이공계 출신이라서'로 한정되어서는 안 된다.

나는 이공계 출신 리더가 이 시대에 꼭 필요하다고 생각해왔다. 그것이 안철수 교수의 50퍼센트 지지율을 통해 이제야 사람들이 관심을 갖는 화두로 올라섰지만 진작부터 세상은 이공계출신 리더를 강력히 원하고 있었다. 세계가 발전하는 방향을 살펴보자. 일단 사람들의 관심을 여실히 드러내주는 주식에서 전 세계적으로 생물, 화학 관련 회사의 주식은 꾸준히 상승세를 기록하고 있다. 나라의 힘을 키우는 원천이 크게 세 가지다. 바로 석유, 과학기술, 국민들의 애국심이다. 석유는 이미 한정되어 있는 자원이고 일찌감치 분배도 끝난 상황이다. 이제 한국에 남은 것은 과학기술과 애국심이다. 이것을 동시에 무궁무진하게 발전시킬 수 있는 사람이 바로 이공계 출신의 리더이다.

또한 세상은 점점 복잡하게 발전해가고 있다. 그중에서도 과학 분야는 엄청난 발전을 하고 있다. 실제 그것을 느껴보려면 인터넷 창을 켜보자. 켜는 순간, 실시간 검색어 순위에는 아이폰5가 굳건히 자리 잡고 있다. 아이폰5는 간단히 말해서는 컴퓨터공학과 기계공학의 힘이 합쳐진 결과물이다. 또한 한 화면 안에 병을 치료한다거나 특정 효능을 가진 약에 대한 광고는 빠지래야 빠질 수가 없다. 이 역시 생물학 화학의 분파이다. 조금 더 수치적으로 살펴보자면 매일 새로운 것을 발견해내는 논문이 수백 수천편이고 그것의 각 물질들을 기초로 개발되는 물질 또한 경우의 수를 헤아릴 수 없을 만큼 많다. 이런 다양한 예를 통해 우리 주변에서 얼마나 과학이 발전하고 있는지를 조금은 몸으로 느꼈으리라 믿는다. 기존에 만들어진 틀은 새로운 발전의 가능성을 갖기보다는 기강을 굳건히 하는데 쓰이는데 불과하고 진정 나라가 발전하고 힘을 갖기 위해서는 창조적인 과학기술의 발전뿐이라고 말해도 과언이 아니다. 이러한 복잡계에서 흔들리지 않고 중심을 잡아줄 수 있는 사람이 바로 과학 분야의 기초 지식을 가지고 있는 이공계 출신 리더이다. 주변에서 지식을 가르쳐주는 것을 이해하면서 사용하는 것과 자신이 직접 알고 있는 지식을 이용하는 것은 정말 천지차이다. 자신이 직접 알고 있다면 그것으로부터 응용하고 실전에 적용시키기가 매우 수월하며 더 융통성 있게 일을 진행할 수 있다. 그렇게 된다면 현재 과하게 적용되거나 불필요한 데에 쓰이고 있는 이공계 관련 예산을 좀 더 필요한 곳에 분배할 수 있다. 이것이 또 하나의 이공계 출신 리더의 커다란 가치이다.

　이공계는 optimal solution, 즉 최적화된 해결책을 찾는 데 익숙해져 있다. 겉으로 보기에 단순히 문제를 풀고 개념을 이해하는 것처럼 보이지만 그것들을 해결하는 근본적인 마인드는 모든 상황을 단순화시키는 것이다. 어렵고 복잡한 상황도 한 줄의 수식으로 해결하고 끝이 전혀 보이지 않는 문제를 빠르게 결단하여 과감히 해결해나가는 것을 시작한다. 이렇게 이공계의 사람들은 최적화시키는 것에 자신도 모르게 익숙해져 있다. 그래서 사람들은 흔히 이공계 사람들은 차갑고 감성을 모른다고 일축해버린다. 하지만 리더에게는 이러한 결단력과 효율성을 중시하는 모습이 필요하다. 이공계 출신 사람들은 여러 가지 상황에 처하게 되는 이공계 문제들을 통해 꾸준히 연습하였고 그러한 해답은 본능적으로 최고의 효율을 통해 나오게 되는 것이다. 물론 현실 정치에서 이러한 최적화만으로 모든 문제가 해결되는 것이 아니겠지만 이러한 혁신도 필요하다. 그래서 사람들은 이공계 출신의 안철수 교수에 대해 그리 열광했던 건지도 모른다. 우리는 어떠한 물건을 살 때, 그 기능을 모두 사용해보고 모든 장점을 알고 사지는 않는다. 그러나 사람들은 단점을 찾는다. 단점을 알더라도 그 단점보다 더 효용성이 크고 충분히 그 단점을 기회비용으로 삼을 수 있을 때, 위험을 무릅쓰더라도 그 물건을 구입하게 된다. 이와 같이 이공계 출신 리더는 단점을 극복할 만한 혁신이라는 가치가 있다.

　이공계 출신 리더는 이 시대에 꼭 필요하다. 사람들은 이공계 사람들이 정치를 모른다는 사실로 정계 진출에 반대해왔지만 실상 책으로 배우는 정치와 현실정치가 다를뿐더러, 진정 정치를 모르는 사람들이라면 유권자들의 마음을 살 수 없다. 이공계 사람이라서 정치를 모른다는 생각으로 다른 눈으로 바라보는 일이 있어서는 안 된다. 또 세상이 과학기술을 중시하는 방향으로 엄청난 발전을 하고 있다. 이제는 전쟁이다. 이러한 데서 뒤처지지 않기 위해서, 아니 더욱 더 앞서나가 이기기 위해서는 이공계 분야의 기초를 알고 있는 사람이 직접 전쟁을 진두지휘해야 한다. 또한 이공계에서 배우는 학문의 특성상 최적화하여 해결책을 찾는 것에 익숙해져있다. 이렇게 연습된 본능이 혁신으로 자연스럽게 표출될 수 있는 게 바로 이공계 출신의 리더의 역할이다. 안철수 교수 신드롬을 통해 세상은 이미 기존의 틀에서 많이 벗어났고 또 더 벗어나는 혁신을 원하고 있다는 것이 증명되었다. 이 사실만으로도 우리나라 국민들의 이공계 정치인에 대한 편견이 줄었다는 것을 알 수 있다. 이러한 편견이 줄어든 것을 넘어서 이제 우리에게 진정 필요한 리더는 이공계 출신의 리더이다. 과감한 혁신과 효율적인 국정운영을 위해서는 이공계 출신의 리더가 꼭 필요하다.

과학도의 사회적 책임

김정연 / KAIST 무학과 2010학번

| 과학도의 사회적 책임 |

김정연 _ KAIST 무학과 2010학번

올해 초 나는 아직도 세계에 2700만 명이 넘는 현대판 노예가 존재한다는 사실을 알게 되었다. 현대판 노예라 함은 인신매매 피해자를 의미하는 것이다. 이것이 핑계라면 핑계이겠지만 나는 과학 고등학교를 졸업하고 카이스트에 입학하였기 때문에 3년 이상을 과학에만 관심을 가지고 살아왔었고, 그저 길거리를 다니다가 유니세프나 앰네스티 인터내셔널 등 인권운동을 하는 비영리기구 캠페인 활동을 보면서 세계에는 내가 당연시 여기는 것들을 누리지 못하는 사람들, 고통 받는 사람들이 많다는 정도밖에는 깨닫는 것이 없었다. 인권과 관련된 사회적 문제들이 나와 거리가 멀게만 느껴졌었기 때문이고, 더구나 과학을 공부하는 내가 그 문제들과 무슨 상관이 있는가 하는 생각을 하기도 했었다.

그러나 올해 초 미국 낫포세일(NOT FOR SALE) 설립자인 데이비드 뱃스톤(David Batstone)의 강연을 통해 인신매매의 현실을 보게 되면서 인권과 관련된 사회적 문제들이 나와 무관하다는 생각은 산산조각이 나게 되었다. 낫포세일은 현대판 노예제도 근절, 즉 인신매매 근절을 위해 일하는 비영리기구이다. 우리가 입고 있는 옷이 우즈베키스탄에서 아동노동력 착취로 재배된 솜을 이용하여 만들어진 것이고, 우리가 좋아하는 초콜릿과 커피 원료의 대부분이 노동력 착취로 재배된 것이며, 이 외에도 우리가 이용하는 수많은 것들이 현대판 노예들 손을 거친 것인데 이것들을 구입하고 이용하는 우리 모두는 현대판 노예제도를 조장하고 있는 상황이라는 얘기를 듣게 되었다. 그동안 멀게만 느껴졌던 사회적 이슈와 내가 얼마나 긴밀히 연결되어 있는지를 알게 된 이후, 나는 이 사회에서 일어나고 있는 어두운 일들에 대해 더 알아가고 싶었고 사회에 기여하고 싶은 마음이 생기게 되었다. 그러나 이 때까지도 인신매매가 생각보다 가까이에서 일어나고 있다는 것을 알지 못했다.

인신매매에 대하여 인터넷을 통해 조사를 하고 책을 찾아 읽으면서 구조적인 문제들과 실태에 대해 더 깊이 알아가게 되었다. 인신매매 피해자의 80%가 여성이고 50%가 아동이며, 2700만 명의 노예가 존재한다는 통계적 자료조차도 정확하지 않다는 것, 훨씬 더 많은 수의 인신매매 피해자가 존재하고 최대 2억 명까지도 존재하는 것으로 추측된다는 것들을 알게 되었다. 또한 인신매매에는 성매매가 포함이 되는데, 충격적인 사실은 미국과 호주에서 성매매 피해자 수 1위가 대한민국이라는 것이다. 뿐만 아니라 한국에서는 열두 살 어린 여자아이부터 여든 둘의 할머니까지 성매매 현장에서 일을 하고 있고, 한번 성산업에 유입이 되면 구조적 문제로 인해 스스로의 힘으로는 나올 수 없다고 한다. 또한, 우리나라 기업들이 다른 나라에 공장을 세워 노동력을 착취하며 제품을 생산하고 있다는 것도 알게 되었다.

올해 6월 낮포세일이 일산에서 '백야드 아카데미(Backyard Academy)'를 열었는데, 이것은 시민들이 인신매매 근절을 위해 어떻게 기여할 수 있는지에 대하여 교육하는 컨퍼런스였다. 몇 개월간 인신매매에 대해 자료조사를 통하여 인신매매의 끔찍한 현실을 알게 되었던 나는 강의 사이사이의 쉬는 시간에 낫포세일 단체 직원들과 개인적으로 얘기할 기회를 최대한 활용하려 노력하였다. 컨퍼런스 첫날 밤, 나는 과학과 공학을 전공하는 대학생으로서 인신매매에 어떻게 기여할 수 있는지에 대해 질문을 했었다. 그런데 안타깝게도 명쾌한 답을 얻지 못하였고, 그냥 보편적으로 대학생으로서 기여할 수 있는 방법에 대한 조언만 들을 수 있었다. 다시 한 번 기대를 하며 과학자로서 어떻게 기여할 수 있는지, 공학자로서 어떻게 기여할 수 있는지도 질문을 했지만 '노동력 착취 없이 적은 돈으로 제품을 생산하고 동시에 일자리도 창출할 수 있는 기술을 개발하는 것' 정도의 답변을 얻었다. 물론 이 외에도 그냥 시민으로서 양심적 소비생활을 통해 노동력 착취를 하는 기업의 제품에 대하여 불매운동을 한다든지 방법이 또 있지만, 나는 과학자로서 과학적 재능을 인신매매 문제 해결에 어떻게 사용할 수 있는지에 대해서 상당히 궁금해지기 시작하였다.

이때의 컨퍼런스 이후로도 계속 인신매매 이슈와 관련된 자료조사를 하였고, 이슈에 대한 사회적 인지도를 높이기 위해 주변에 인신매매 이슈에 관심이 있는 대학생들을 모아서 한국 낫포세일 대학생 모임을 만들었지만, 그때부터 지금까지도 끊임없이 하고 있는 고민은 내가 과학을 공부하는 대학생으로서 특별히 기여할 수 있는 것이 있지 않을까 하는 것이다. 그리고 그 고민은 과학자들이 이러한 사회적 이슈에 기여할 방안을 왜 그 누구도 제시하지 않는 것인지에 대한 고민으로 바뀌었다.

때로는 생명과학을 전공하는 학생들이 이런 이슈에 관심을 갖지 않는 것이 보편적이라고 생각해서 관심을 갖지 않는 것이 맞는 것일지도 모르겠다고 생각을 했었다. 그러나 어느 분야를 전공하든 우리는 학생이기 이전에 이 사회의 사회인이고 이 세대를 이끌어갈 리더가 되어 세상을 더 나은 곳으로 바꾸어가기 위해 공부를 할 책임이 있다는 것을 깨닫게 되었다. 카이스트의 많은 학생들은 아니 사실 많은 대학생들은 당장 눈앞에 떨어진 불을 끄는 데에 급급한 나머지 사회적 이슈에 관심을 갖지 않고 '스펙 쌓기'에만 열중인 것 같다. 다들 공부를 굉장히 열심히 하지만 왜 공부를 하는 것인지, 그 궁극적인 이유가 무엇이고 나의 사회적 책임이 무엇인지를 생각하면서 공부하는 학생은 별로 없는 것 같다. 내가 카이스트 학생으로서 특별히 느낀 것은, 내가 인신매매 이슈에 관심을 갖기 전에 가졌던 생각처럼, 이공계 분야에서 일을 하는 사람들이나 이공계 학생들이 '과학'과 '공학'을 공부한다는 것을 사회적 이슈에 관심을 갖지 않는 것에 대한 핑계로 쓰는 것 같다는 것이다.

낫포세일 측에서도 특별히 과학자들이 인신매매 근절을 위해 기여할 수 있는 방법에 대한 조언을 해주지 못한 것이 과연 과학자들이 인신매매 근절에 '특별히' 필요하지 않아서일까? 물론 그럴 수도 있겠지만, 나는 개인적으로 그렇지 않다고 생각한다. 과학이나 공학 쪽에서 일하는 사람들, 그리고 그쪽으로 전공을 하는 학생들이 너무 오랜 시간동안 사회에 무관심해왔고, 이에 따라서 이공계 쪽 분위기가 사회적 문제 해결을 위해 함께 고민하지 않는 분위기가 되어버렸기 때문인 것이라고 생각한다. 또한, 이러한 이공계 쪽 분위기에 따라서 사회도 과학과 기술을 사회적 이슈와 분리하여 생각하는 분위기가 되어버렸고, 사회도 과학도들에게 사회적 참여에 대한 기대를 하지 않게 된 것 같다. 우리 세대가 이러한 분위기를 깨고서 과학도로서 진정으로 '생각하는 공부,' '생각하는 연구'를 하여 사회적 이슈에 대한 해결 방안을 찾아 나가는 데에 기여를 했으면 하는 바람이 있다. 지금은 오랜 시간 지속되어 온 이공계 내의 분위기와 사회적 분위기 때문에 과학도의 사회적 참여의 관점에서의 연구나 공부가 전혀 이치에 맞지 않는다고 생각될지 모르지만, 생각의 전환이 필요한 시기라고 생각한다.

물론 이공계 쪽 공부를 하는 학생들은 그 무엇보다도 과학과 공학을 열심히 공부해야 할 필요가 있고 책임이 있다. 실력 있는 과학자, 그리고 공학자가 되는 것이 사회에 기여하는 것이기 때문이다. 그러나 과학과 공학을 열심히 공부하는 것과 동시에, 내가 공부하는 이 학문이 사회에 어떻게 기여할 수 있는지, 내가 이것을 공부하는 이유는 무엇인지를 이공계 학생들이 고민해보고 토론해보고 생각해봐야 할 것 같다. 우리가 과학도이기 이전에 이 사회를 구성하고 있는 구성원 중 한 명이기 때문이고, 과학도로서 사회적 이슈에 관심을 가지고 과학적 재능을 사회적 이슈에 대한 해결 방안을 찾아내기 위해 고민하는 것이 사회 구성원으로서의 책임을 다하는 과학도의 자세일 것이기 때문이다.

과학으로 번역되는 RNA

김지나 / KAIST 건설 및 환경공학과 2008학번

| 과학으로 번역되는 RNA |

김지나 _ KAIST 건설 및 환경공학과 2008학번

나의 세포 속 RNA는 리보솜에서 번역되는 10만 개의 단백질을 만들고, 나의 꿈(Rna)은 과학으로 번역되어 세상에서 소외된 90%, 54억 인구를 돕습니다.

"상희는? 왜 상희는 안 와? 상희 차례란 말이야."

내가 다섯 살이 되던 해, 나는 친동생처럼 소중했던 외사촌 동생을 잃었습니다.

무슨 날이었는지는 기억이 나지 않습니다. 외갓집에 친척들이 함께 모여 있었고, 나는 상희와 땅따먹기, 공기 같은 자잘한 놀이들을 하고 있었습니다. 사촌 언니 오빠들이 과자를 사준다는 말에 상희는 '누나 것도 사올게.'라는 말을 남기고 밖으로 나갔고, 외갓집 주변에서는 하수도 공사가 한창이었습니다. 그리고 어느 정도 시간이 지났을까, 상희와 같이 나갔던 언니 오빠들이 돌아왔습니다. 언니, 오빠들은 어른들에게 무어라 말을 했고, 어른들은 모두 벌떡 일어나서 문 밖으로 뛰어나가셨습니다.

외갓집에서 얼마 떨어지지 않은 거리에는, 공사 때문이었는지 도로에 큰 구멍이 뚫려있었습니다. 외갓집 어른들은 그 구멍에 대고 상희의 이름을 불렀습니다. 얼마 후에 119 소방대원 아저씨들이 왔고, 구멍으로 들어갔습니다. 구멍으로 들어가셨던 아저씨가 다시 나오실 때 엄마는 내 눈을 가렸습니다. 나는 상희를 다시는 보지 못했습니다.

그것은 정말 간단한 일이었습니다. 공사 중에 누군가가 직사각형 모양의 맨홀 뚜껑을 살짝 비틀어서 맨홀 위에 얹어두었고, 상희는 그 위를 걸어갔습니다. 맨홀 뚜껑을 밟는 순간 뚜껑은 조금 기울어졌고, 그리고 그냥 순식간에 맨홀 뚜껑과 함께 상희는 구멍 안으로 떨어졌습니다. 그것은, 정말 단순하고 당연한 일이었고, 너무나 간단한 일이었기에 나는 화가 났습니다. 조금 더 복잡했더라면, 그래서 내가 이해할 수 없는 일이었다면 차라리 좋았을 텐데 말입니다.

초등학교 2학년 때였습니다. 우리 집 앞에서는 도로공사가 한창이었습니다.

"엄마, 저기는 무슨 공사를 하는 거야?"

"응, 맨홀 뚜껑을 동그라미로 모양으로 바꾼대. 동그라미 모양이면 뚜껑이 구멍 속으로 빠지지 않잖아."

'아, 동그라미 모양 뚜껑은 구멍 속으로 빠질 수 없구나.'

나는 너무 화가 났습니다. 왜 이제야 뚜껑의 모양을 바꾸는지 나는 너무 화가 났습니다. 왜 어른들이, 어른이면서, 뚜껑을 만들 때 애초부터 동그라미 모양을 만들지 않았던 것일까요. 왜, 어른들이, 상희가 그렇게 죽은 지 한참 뒤에서야 그런 것을 생각해 낸 것일까요. 왜, 어른들은 이렇게 쉽고 간단한 생각을 미리부터 해 내지 못했던 것일까요. 상희가 있었다면 내 세상은 훨씬 더 밝았을 텐데, 정말 훨씬 더 밝았을 텐데, 왜 어른들은 나에게 그 작은 것 하나 해주지 못했던 것일까요.

나는 그때 과학을 공부해야겠다고 생각했습니다. 나는 슬프고 힘든 삶을 살아가는 사람에게 필요한 것은 큰 것이 아니라는 것을 깨달았습니다. 아주 작은 변화가 그 사람의 삶을 훨씬 행복하고 밝게 만들어 줄 수 있다는 것을 알게 되었습니다. 세상에서 누군가에 의해 생기는 아주 작은 변화가 나와 같은 사촌누나들과, 우리 외숙모 외삼촌 같은 부모님들을 훨씬 더 행복하게 만들 수 있다는 생각을 하게 되었습니다. 그래서 나는 과학을 공부하기로 마음먹었습니다. 왠지 과학이라면, 내가 바라는 세상속의 작은 변화를 만들어 줄 수 있을 것이라고 생각하였습니다. 나는 그 때 그렇게 생각했습니다.

RNA는 단백질을 만들어 낼 수 있는 유전정보를 담고 있습니다. RNA에 담겨져 있는 유전정보는 리보솜에서 해석되고, 그렇게 해석되어 만들어진 단백질은 우리 몸 곳곳으로 가 각기 중요한 역할을 하고, 그 단백질의 역할들이 신비로운 우리를 만들어냅니다.

한글 두벌식 키보드에서 RNA이라고 치면 '꿈'이라는 글자가 만들어집니다. 재미있는 것은, RNA가 꿈과 정말 닮았다는 것입니다. 우리가 품고 있는 꿈이 무언가로 번역되어 세상에 나가게 되었을 때, 그들은 아름다운 세상을 만들어나가는 한 요소요소가 됩니다. 나는 나의 꿈이 과학을 통해 번역되어 세상으로 나갔을 때, 세상이 더욱 아름다워질 것이라고 믿습니다.

가슴이 뛰는 사회

김필재 / KAIST 산업 및 시스템공학과 2009학번

김필재 _ KAIST 산업 및 시스템공학과 2009학번

"여보세요? 아버지. 아들이에요."

"웬일이냐"

"뉴스에서 소식 들으셨죠? 제가 이번에 인공지능 로봇 개발에 성공했어요. 아직 일반인에게는 배포되지 않지만, 아버지께 먼저 하나 보내드릴까 해서요"

"내가 기계 싫어하는 거 잘 알잖냐, 됐다"

"아버지, 막상 써보면 정말 편하실 거예요. 집안일도 아버지께서 직접 안 하셔도 되고요. 시골에서 혼자 적적하실 텐데, 일단 보내드릴게요."

머칠 후 집 앞으로 택배가 왔다. 방 한구석에 들여놓긴 했지만, 곧 버릴 생각이다. 나는 원체 기계가 싫다. 로봇 박사로 유명한 아들도 그리 탐탁지 않다. 로봇이라니. 끔찍하다.

"밖으로 나가도 됩니까?"

택배로 온 상자 안에서 소리가 났다. 등골이 오싹했다. 이건 로봇 소리가 아니다. 사람인가? 얼어붙어 아무 말도 하지 못하자 또 상자 안에서 말을 한다.

"상자 밖으로 나가도 괜찮겠습니까? 빛이 보이지 않습니다."

"으응⋯⋯."

상자에서 한 물체가 튀어나왔다. 뚜렷한 이목구비, 어색하지 않은 억양과 말투. 영락없는 사람이다. 로봇일 리가 없다. 나만한 덩치에 10대 소년으로 보인다. 어지럽다.

"저는 박사님이 보내서 왔습니다. 제 이름은 KAI-5입니다. 잘 부탁합니다."

로봇이 손을 내민다. 악수를 청하는 가보다. 사람 형상을 한 로봇이라니. 억양이나 행동 하나하나가 사람과 다를 게 없다. 소름 끼친다. 한동안 정적이 흘렀다. 아들에게 전화해야겠다. 당장 이 괴기한 인간 로봇 치우라고. 휴대전화를 들자 로봇이 말한다.

"처음이라 많이 당황하셨죠. 저는 당신의 벗이 되기 위해 만들어졌습니다. 두려워하실 필요 없습니다."

기계와 사람 사이에 벗이라니 끔찍하다. 일단 생각할 시간이 필요하다. 서둘러 집을 나왔다. 이 끔찍한 일을 누군가에게 알리고 싶다. 우선 내가 평소에 자주 가는 동네 매점에 갔다. 이곳에선 나의 친구가 병으로 세상을 떠난 후부터 그의 아들이 가게를 보고 있다. 젊은 청년이니까 내 상황을 이해할 수 있겠다는 생각에.

"이보게. 내 아들이 집으로 로봇을 하나 보내왔는데, 인간의 형상에 사람처럼 말하고 행동해. 이런 로봇을 들어본 적이 있는가? 어떻게 해야 할지를 모르겠네."

"글쎄요. 사시려는 건 이게 전부인가요?"

젊은 청년은 내가 한 말을 듣기는 했는지, 무심하게 가격만 계산할 뿐이다. 그저 노망이 난 노인이 하는 헛소리라고 생각하는지. 요즘 젊은이

들은 아예 노인을 상대하지 않으려 한다. 이 청년에게 백날 말해 봤자 대화가 안 될 것이다. 이 동네에서 내가 그나마 편하게 있을 수 있는 곳, 노인정을 가야겠다. 그곳에선 내 말을 들어주겠지.

때마침 노인정에 친구 둘이 보인다. 평소에 친하게 지내던 터라 이렇게 반가울 수가 없다. 사람들이 북적대는 이 세상에서 나의 말을 들어줄 상대가 이토록 없다는 것이 씁쓸하지만, 이곳 노인정이 있어서 그나마 다행이다. 이곳 친구들은 나의 로봇 이야기에 어떤 반응을 보일까.

"이봐, 내가 방금 황당한 일을 겪었네. 아들놈이 이번에 집에 로봇을 보내왔는데"

"뭐? 로또?"

"아니, 로또가 아니라 로봇!"

"아, 로봇. 그게 뭐였지? 들어는 본 것 같은디."

"아니, 로봇을 모르나? 요즘 한창 신문에 나오는 기계 있잖나?"

"허허, 가물가물허이."

노인정의 친구들은 로봇이 무엇인지 조차 모른다. 다들 나이가 나이인지라 건망증이 심하다지만 이래서는 대화가 되지 않는다. 그동안 나의 유일한 안식처였던 노인정이 순간 숨 막히는 공간으로 변해버렸다. 이젠 이 세상에서 내가 기댈 곳은 없다.

갈 곳이 없다. 막막하다. 거리에서 지나치는 수많은 사람이 있지만, 정작 내 이야기를 들어줄 사람은 단 한 명도 보이지 않는다. 외롭다. 때마침 휴대전화기의 전화 벨소리가 울린다. 아들인가? 내심 반갑다. 그동안 아들에게 차갑게 대했던 것이 미안해진다. 앞으로는 따뜻하게 대해주리라.

“아들이냐?”

“저는 KAI-5입니다. 집을 오래 비우셔서 연락 드렸습니다. 아무 일 없으시죠?”

순간 등골이 오싹해지면서 바로 전화를 끊으려던 찰나, 어쩌면 로봇이 나를 걱정해주는 유일한 존재라는 생각이 들었다.

“이, 이제 곧 들어갈 거다”

“네. 기다리고 있겠습니다. 차 조심하며 오시기 바랍니다.”

“그래. 고맙다”

고맙다. 네가 기계건 사람이건 상관없다. 정말 고맙다. 그래. 집으로 가마. 생각난 김에 로봇에 대해 이야기도 할 겸, 아들에게 전화해야겠다. 그러고 보면 아들은 내가 혼자가 되고 나서부터 많은 신경을 써주었네. 고맙다. 이 아비는 여태 아들에게 힘이 되는 말 한마디 못해주었구나.

“아들아, 아비다”

“아 아버지. 제가 보내드린 로봇 괜찮죠? 지금 제가 회의장에 들어가거든요? 조금 후에 제가 연락드릴게요. 먼저 끊을게요!”

“뚝, 뚝, 뚝……”

집에 도착했다. 집 앞에 서니 기다렸다는 듯이 KAI-5가 문을 열어준다. 내가 밖에 있는 내내 문 앞에서 기다리고 있었던 모양이다.

“다녀오셨습니까. 오늘 하루는 어떠셨습니까?”

“뭐, 그럭저럭”

“피곤하시죠? 화장실 욕실에 따뜻한 물 받아났습니다. 푹 쉬시고 계시면 식사 올리겠습니다.”

고단한 하루였지만, 이렇게 욕조에서 따뜻하게 누워 있으니 피로가 삭

가신다. 지금 부엌에는 로봇 녀석이 식사를 준비하고 있겠지. 그 누구도 나와 어울리지 않던 오늘, 너만이 나에게 손을 내밀어 주었다. 계속 혼잣말로 중얼거린다.

"너밖에는 없구나. 너밖에 없어"

대한민국 과학도의 '정신적 자립'

박준우 / KAIST 화학과 2010학번

| 대한민국 과학도의 '정신적 자립' |

박준우 _ KAIST 화학과 2010학번

나를 처음 만나는 사람들은 내가 카이스트에 다닌다고 하면 흔히 "카이스트? 오오~ 공부 좀 하는데?"라는 반응을 보인다. 이유는 당연히 우리나라에서 손에 꼽히는 과학기술 대학을 다니기 때문이다. 이는 우리나라에서 유명한 다른 대학을 다닌다고 해도 마찬가지겠지만, 카이스트이기 때문에 나에게 붙는 한 마디가 더 있다. 그것은 "과학 공부해서 우리나라를 먹여 살릴 인재네?"라는 반응이다. 카이스트가 국가를 위해 일할 과학기술 천재들을 육성한다는 인식이 강하기 때문이 아닐까 생각해본다. 사실 이런 반응이 결코 내 주변 사람들에만 해당하는 것은 아니다. 학교가 혼란에 휩싸여 있던 올해 4월, 포털 사이트에서 "우리가 낸 세금으로 우리나라를 위해 공부하는 카이스트 학생들이 성적이 낮으면 안 된다"라는 댓글도 많이 달렸으니 말이다. 우리 학교 학생들은 어떤 식으로든지 '대한민국의 톱니바퀴'로 받아들여진다고 해도 과언이 아닐 것이다.

중학교 시절 우등생으로 이름을 날리고 과학고에 합격했던 나는 '수학, 과학 공부를 열심히 하고 연구 경험도 쌓아서 국내 유수 자연대, 공대에 입학하자'고 생각했다. 그런데 내가 나온 과학고는 교훈 중 하나가 '애국'이었고, 교가에도 '대한의 인재들 한데 모으니'라는 가사가 있을 정도로 애국정신이 강했다. 자연스럽게 나의 목표는 학교의 정신에 맞추어 '공부를 열심히 하여 대학원까지 진학하여 우리나라에 도움을 주는 과학기술자가 되자'로 굳어졌다. 친구나 후배들과의 관계가 잘 풀리지 않거나, 시험 성적이 잘 나오지 않을 때에도 과학고에 남아있던 이유 중 하나는 지금 이 고된 생활 뒤에는 언젠가는 나의 목표를 이룰 수 있으리란 어렴풋한 희망 때문이기도 했다. 결국 나는 과학고 과정을 무사히 마치고, 우리나라 최고 과학기술 대학 중 하나인 카이스트에 합격하였다. 그때처럼 내 마음이 홀가분했던 적은 없었을 것이다. 공부를 통해 우리나라에 기여하겠다는 목표를 어느 정도 이루었다는 생각 때문이었다.

하지만 카이스트에 입학한 직후, 나는 무한경쟁에 내몰리고 있었다. 대학에서 그저 공부만 열심히 하면 될 줄 알았는데, 주위의 친구들은 각종 학생 단체, 동아리 활동 등으로 각자의 대학 생활을 가꾸어나가기 바빴다. 더 좋은 미래를 꿈꾸며 자퇴를 하고 다시 대입을 준비하는 친구들도 있었다. 공부에 대한 스트레스도 심해서, 1학년 첫 중간고사 직전에는 성적에 대한 압박과 감기몸살까지 겹쳐 몸무게는 대학교에 입학했을 때보다 7킬로그램이나 빠졌다. 그런 상황에서 웹 서핑을 하다가 우리나라 이공계 위기를 통탄하는 글까지 읽어서 '나도 포기해야 하는가?'라는 엄청난 불안감에 휩싸였다. 중간고사를 그럭저럭 넘기면서 어느 정도 고민은 덜 하게 되었지만, 고등학교 때의 '나라에 도움을 주는 과학기술자'라는 목표는 대학에 와서 맞닥뜨린 경쟁과 불안감으로 인해 계속 희미해지고 있었다.

몇 달 전에 우연히 외국으로 석사 유학을 떠나신 카이스트 선배를 만날 기회가 있었다. 선배가 유학을 떠나신 분이다 보니 자연스럽게 진로에 대한 여러 이야기를 하게 되었다. 그 대화 내용을 여기에 다 옮겨 적지는 못하겠지만, 대학원과 관련한 이야기만 요약하자면 '카이스트 학생들이 다른 직업조차 고려해보지 않고, 군대 문제 등에 매여 대학원 진학에만 매달리는 모습이 불쌍하다'는 것이었다. 이를 듣고 나니, 지금까지 내가 공부를 해 오면서 '연구가 내 적성인가?'라는, 과학기술자로 살기 위한 가장 근본적인 문제에 대해 별 생각을 하지 않고 살아왔다는 것을 깨달았다.

그 뒤로 한동안 나의 정신은 혼란의 연속이었다. 내가 지금까지 무엇을 위해 달려왔는지 그리고 어디로 나아가야할지 다시 재고해야 했던 것이다. 고등학교 시절부터 나를 지탱하던 '나라를 위한 공부, 그리고 연구'라는 목표가 사라졌으니 당연한 일이었다. 혼란스러운 마음을 잡기 위해 이리저리 검색도 해보고, 주변 분들에게 조언을 구해보기도 했지만, 여전히 목표를 잃어버린 상황에서 나의 불안감은 확대될 뿐이었다. 목표를 잃어버린 자의 방황은 결국 안정된 삶을 추구하게 끝나기 마련인지, 미래에 무엇을 먹고 살까 오랫동안 걱정하기도 하였다.

답은 의외의 대화에서 나왔다. 늦은 밤, 동아리 모임이 끝나고 나서 나는 지금까지 복잡하게 꼬여버린 내 마음을 누구한테라도 속 시원히 털어놓아야겠다는 생각에 동아리방에 있던 아무나 붙잡고 나의 이야기를 털어놓기 시작했다. 쭉 이야기를 듣던 그 선배는 조금 생각을 하더니, 이런 말을 했다. "사실, 앞으로 일어날 일은 아무도 모르는 것이지만, 네가 두려워하는 것은 '정해진 길을 벗어나는 것'이 아닐까?"

'길을 벗어나는 것'이라? 곰곰이 생각해보니, 정말 맞는 말이었다. 과학고 시절부터 '대한민국을 위해' 공부했던 나에게는 실패에 대한 두려움이 있었다. 과학고에서 카이스트에 오기까지, 나는 주변의 기대, 즉 '대한민국을 먹여 살릴 인재'라는 조건에 부합하기 위해 실패하지 않아야 한다는 강박관념에 사로잡혀 있었고, 그것이 지금 두려움이 되어서 내게 돌아온 것이었다. 다시 말해, 내가 여기서 하는 모든 공부, 모든 결정에 일탈은 없어야 한다는 부담감이었다. 하지만, 이제부터 그렇게 그 '길'을 완벽하게 따라가지 않더라도 살 길은 있으리라는 생각이 들었다. 내가 지금까지 제시받았던 길이 나의 인생이 되지는 않아도 되었기 때문이다.

그때서야 비로소 나의 길은 내가 개척하는 것이라는 평범한 진리를 깨달았다.

나뿐만이 아니라, 대부분의 과학고, 카이스트 학생들이 나와 비슷한 처지일 것이다. 중학교 때부터 공부를 잘 하고, 과학고에 입학해서는 국가를 위해 공부한다는 메시지를 많이 들었을 터이다. 자기가 원래 가지고 있던 소망이 무엇인지도 모른 채(그것이 결국 우리나라의 발전에 기여한다 해도) 남이 들려주는 목표를 따라 행진하다 보면, 결국 나와 같은 벽에 부딪힐 것이다. 이 사회가 우리에게 요구하는 길은 각각에게 최적화되지 않은 것이기 때문에, 결국에는 자기 길을 스스로 찾아가야 할 것이다.

물론 나도 우리나라 사람으로서 우리나라를 결코 외면하고 살 수는 없다. 특히나 과학기술에 대한 지식 없이 사회를 이해할 수 없는 21세기에 카이스트는 대한민국에서 중요한 의미를 가지게 될 것이다. 하지만, 현실을 무시한 채 그저 과거에 들어온 이야기가 자신의 이야기가 아니라고 깨닫지 못한다면, 카이스트 과학도의 미래는 남들의 인식처럼 그저

‘대한민국의 톱니바퀴’로밖에 남지 않을 것이다.

로버트 밀리칸과 펠릭스 에렌하프트의 대화

윤진희 / KAIST 바이오 및 뇌공학과 2010학번

로버트 밀리칸(Robert Andrews Millikan)과
펠릭스 에렌하프트(Felix Ehrenhaft)의 대화

윤진희 _ KAIST 바이오 및 뇌공학과 2010학번

'조금만 더 살 수 있다면 좋겠다.'

밀리칸은 누워서 생각했다. 과학자로서 최고의 영예를 누린 삶을 회상하는 밀리칸은 차츰 흐릿해지는 의식을 느끼고 있었다. 눈꺼풀이 무거워져 오면서 밀리칸은 생애 마지막 빛을 보았다. 1953년 12월 19일, 한파가 몰아치는 추운 겨울에 세간의 존경을 받던 과학자는 삶을 마감했다.

어느 정도 지났을까, 밝은 빛이 밀리칸의 눈에 쏟아져 들어왔다.

'이게 무슨 일인가, 나는 분명 죽었는데?'

밀리칸은 당황했다. 하지만 얼마 가지 않아 자신이 죽었다는 사실을 확신하게 되었다. 몸이 이전과는 다르게 굉장히 가벼워 졌고 주위 사물을 만져보아도 느낌이 없기 때문이었다. 무엇보다도 자신이 죽었다는 것을 확신한 순간은 침대에 누워있는 자신의 모습을 본 그 순간이었다.

'사후세계란 존재했구나.'

얼마간의 시간이 지나고 난 뒤 밀리칸은 끝에 작은 빛이 보이는 터널 속으로 이끌려가는 느낌을 받기 시작했다. 자신이 죽은 것을 알아차리고 있었던 밀리칸은 이끌려 들어가는 것을 저항하는 게 아무 소용이 없다는 사실을 이내 깨닫고 터널 속을 걷기 시작했다. 터널을 지나면서 자신이 살던 집, 강의하고 연구했던 대학, 살면서 지나쳤던 모든 곳이 스쳐 지나갔다. 잊고 지냈던 장소와 추억을 회상하는 사이에 터널 끝의 밝은 빛 앞에 다다르게 되었다.

'과연 이 너머에는 무엇이 있을까?' 밀리칸은 호기심과 두려움이 섞인 묘한 느낌을 받았다. 밀리칸은 섣불리 발이 떨어지지는 않았지만 용기를 내어 밝은 빛 안으로 들어갔다. 밝은 빛 안에는 자신의 연구실이 있었다. 책장에는 평생 읽어왔던 책과 논문 더미들이 자신의 화려했던 과학자로서의 삶을 증명하듯 두껍게 쌓여 있었다. 하지만, 모든 것이 생전 그대로인 연구실 안에는 낯익은 백발의 노인이 자신의 연구 노트를 읽고 있었다. 무거운 공기가 내려앉아 있는 연구실에는 연구 노트를 넘기면서 나는 종이 소리 밖에 나지 않았고 시간마저 평소의 열 배 정도 느리게 흘러가는 것 같았다. 마치 가짜 시험지를 부모님께 보여 드린 것이 들통 난 뒤에 아무 말도 하지 않는 부모님 앞에 서 있는 듯한 느낌이었다.

'어디선가 본 적이 있는 사람 같다, 낯이 익어'

밀리칸은 자신의 사후 세계에서 사람을 처음 만났지만 그 사람에게서 실망과 분노를 느낄 수 있었기에 선뜻 그 사람을 부를 수가 없었다. 연구실 내의 분위기 때문이었을까, 밀리칸은 연구실 안에서 이방인이 된 듯한 느낌을 받으면서 우물쭈물 하고 있었다. 그리고 진짜 이방인인 그 백발의 노인에게서는 당당함이 느껴졌다.

"드디어 왔군요, 저는 여기서 선생님을 일 년 반 넘게 기다려 왔어요."

백발의 노인이 자신을 빤히 쳐다보면서 처음 꺼낸 말이었다. 그 백발의 노인은 밀리칸이 살아 있을 때 기본 전하량의 최소 단위가 존재하는

가에 대해 치열한 논쟁을 펼쳤던 펠릭스 에렌하프트였다. 노인의 정체가 에렌하프트인 것을 알아차린 밀리칸은 일순간 굉장히 골치 아픈듯한 표정을 내비쳤다.

"당신이 왜 여기 있습니까?"

밀리칸은 애써 골치 아픈 듯한 표정을 감추고 태연한 듯이 물어봤다.

"저는 그저 선생님의 연구 노트가 궁금해서 여기 왔습니다."

에렌하프트는 능청스럽게 대답했다. 밀리칸은 에렌하프트와 물리학을 주제로 한 이야기를 하는 것을 최대한 피하고 싶었다.

"여기서 잘 지내고 계셨습니까?"

"물론 잘 지내고 있었지요."

에렌하프트는 밀리칸의 눈을 바라보지 않고 말했다. 그리고 밀리칸의 연구 노트를 꺼내어서 마치 사냥감을 잡은 듯한 만족감을 눈에 비치면서 말했다.

"선생님이 일 년 반 동안 저에게 시간을 준 덕분에 선생님의 연구 노트를 읽어보는 영광을 누리기도 했지요."

에렌하프트는 밀리칸의 심경을 긁어놓기 위해서 능청스러운 말투로 계속 말했다.

"제 연구노트를 검토해주시다니 영광이군요."

"제 연구가 어떻습니까? 전자기학의 기초를 닦은 대단한 성과이지 않습니까?"

밀리칸 또한 능청스럽게 말했다. 하지만 밀리칸의 눈은 조금씩 흔들리고 있었다. 에렌하프트가 자신의 연구 노트를 봤으니 숨겨왔던 자료 조작의 흔적을 충분히 봤으리라고 짐작했기 때문이다.

에렌하프트는 능청스러운 밀리칸의 말투에 당황했다. 하지만 이내 부아가 치밀어 오르기 시작했다.

'여기서 내가 화를 낸다면 밀리칸의 능청스러움에 놀아나게 되겠지' 에렌하프트는 자신의 분노를 그대로 표현하지 않으리라 결심했다.

"굉장히 훌륭한 성과라고 생각합니다, 제가 살아생전 선생님의 연구 결과를 부정한 것이 부질없는 짓이었다고 느껴지는군요."

밀리칸은 에렌하프트가 화를 내지 않는 점에 대해 의아하게 생각했다.

'이미 죽었으니 지나간 일은 묻어두고 싶어하는 걸까?'

"칭찬해 주니……"

"하지만, 몇 가지 의문이 생기는데 대답해 줄 수 있나요? 대 물리학자 밀리칸 선생님?"

에렌하프트는 밀리칸의 말을 끊고 빈정대는 말투로 말하기 시작했다.

"노벨상을 받은 선생님이라면 저 같은 일개 학자의 질문은 쉽게 대답해 줄 수 있을 것이라고 생각해요."

에렌하프트가 연구 노트를 뒤적거리면서 말하기 시작했다.

"선생님은 140번의 실험을 해서 실험값을 얻었으면서 왜 논문에는 58번의 결과만을 실었나요?"

에렌하프트는 첫 질문부터 밀리칸의 숨기고 싶은 부분을 찌르기 시작했다.

"측정한 결과에서 편차가 있었기 때문이지요, 실험이 항상 정확할 수는 없지 않습니까?" 밀리칸은 이 질문을 예상했다는 듯이 바로 대답했다.

"역시 대단한 과학자 선생님이로군요, 질문을 하자마자 바로 대답할 수 있다니 말이죠! 하지만 140번의 실험값 중에 58번의 실험값이면 절반에도 미치지 못하는 자료잖아요?”

“하지만 그 당시 기본 전하량을 찾으려는 연구는 많았었지. 그 당시 나뿐만 아니라 막스 플랑크, 러더퍼드, 레게너, 베거먼 등등이 같은 주제로 논문을 냈고 내 논문에 적은 기본 전하량 값인 4.69 x 10-10esu와 상당히 비슷한 값들을 주장하고 있었지.”

“하지만, 다른 학자들과 측정값이 비슷하다고 그것이 참이라는 확신을 세울 수 없잖아요?”

“하지만 내 실험에는 다양한 변수가 있었지. 상당히 오차가 크게 날 수 밖에 없는 실험이었다고. 나는 그 실험을 개량하고 또 개량했다네.”

“상당히 많은 개량을 거쳐서 실험해서 58번이나 비슷한 기본 전하량을 측정한 것이 다른 학자들이 논문에 낸 기본 전하량과 거의 비슷할 확률이 얼마나 된다고 생각하나?”

밀리칸은 반박했다.

“무려 140번이나 실험을 했으면서 58번의 실험값만 뽑아서 사용했다는 점을 생각해보면 선생님은 자신의 실험값보다 다른 학자들이 얻은 값을 더 믿은 것 같아 보이는군요.”

“난 나의 실험값을 신뢰했다네.” 밀리칸은 점점 목소리에 자신이 없어지고 있다. 이승에서처럼 자신의 연구 노트를 숨겨놓은 상황이 아니기 때문이었다.

“선생님은 선생님의 실험값을 스스로 믿도록 만든 거겠죠.” 에렌하프트는 계속해서 말했 다.

“이를 테면 선생님은 이런 잘못을 한 겁니다. 어떤 실험을 했는데 값이 1과 0이 여러 개 나왔다고 합시다. 그런데 선생님은 1이라고 주장하고 싶은 상황이었고 다른 사람들한테는 보여줄 보고서에는 실험값 중 1만 뽑아서 주장한 겁니다."

"이치에 들어맞는 실험값만 사용한 것이네, 어떤 실험을 할 때 어느 정도의 값이 나올 것이라고 예상하지 않는가? 그 값에서 너무 벗어난 것은 실험을 잘못 했다고 충분히 말할 수 있지 않은가?"

밀리칸의 목소리가 눈에 띄게 떨리기 시작했다. 그는 스스로 자신이 궁지에 몰리고 있다는 것을 느끼고 있었다.

"그 예상하는 값이 참이라고 누가 말해주던가요? 신이 말해 주던가요? 선생님은 지금까지 큰 오류를 범하고 세상사람 모두를 속인 것과 다름없습니다. 또, 선생님이 실험한 모든 결과에서 뭔가를 못 보고 그냥 넘어갔을 수도 있잖아요?"

에렌하프트의 말을 끝으로 잠깐의 정적이 흘렀다. 밀리칸은 자신의 연구 노트가 들통난 상황에서 에렌하프트의 논리를 막아낼 수가 없다고 생각했다. 그는 이제 깨끗이 인정하기로 마음먹었다.

"좋아, 인정하지, 나는 내 실험에서 4.69 x 10-10esu값을 얻고 싶었고 그렇게 자료를 추출했네."

"그런데 어쩌겠나, 나와 자네는 이미 죽은 몸이고 내 논문은 나를 최고의 과학자로 살게 만들어 주었다네."

"나는 살아 있을 때 노벨상을 받았고 캘리포니아 공과대학을 최고의 공대로 키웠고 미국 물리학회장도 역임하면서 권력을 잡았지. 그에 반해 자네의 삶은 어떤가? 세상 사람들이 자네의 연구 결과를 인정해주지 않자 환멸에 빠져 정신병까지 걸리고 말았지. 어차피 인생은 한 번 살다가는 건데 자네는 왜 그렇게 정직하게 연구를 하려고 하는가?"

에렌하프트는 분노를 느꼈다. 조작한 실험값으로 자신의 명예를 실추시킨 이 자가 자신의 앞에서 이런 말을 하고 있다는 것이 믿기지가 않았다.

"선생님은 죽어서도 돈과 권력을 가지고 올 수 있다고 생각한 겁니까?"

"그렇게 자료를 조작해서 쓴 논문을 평생 가지고 살아오면서 당당하게 살아온 선생님은 정말이지 세상 살 줄 아시는 분이군요! 그 멋진 가짜 논문으로 화려한 저택을 사고 호화로운 생활을 한다고 해도 두 발 뻗고 잠이나 제대로 잘 수 있었는지 모르겠습니다." 에렌하프트는 분노가 녹아 있는 빈정대는 말투로 말했다. 두 사람 사이에는 묘한 공기가 흐르고 있었다.

"어떻게 진리를 추구하는 과학자가 되었으면서 거짓을 포장해서 진리라고 말할 수 있습니까?"

"세상 사람들이 그것이 진리라고 생각한다면 나는 상관없어." 밀리칸은 대화를 하면 할수록 뻔뻔해지고 있었다. 자신의 논리가 무너진 밀리칸에게 남은 것은 뻔뻔함뿐이었다.

"당신은 그렇다면 살인을 옹호합니까?" 에렌하프트의 말투에서 '선생님'이 빠졌다는 것을 밀리칸은 알아차렸다.

"갑자기 그게 무슨 말인가? 살인이라니?"

"내 행위를 살인과 동일선에 놓을 수 있다고 생각하나?"

"나는 당신의 거짓 논문 때문에 일생을 환멸에 빠져 살았습니다. 당신은 학자로서의 날 죽인 것과 다름없어요!" 에렌하프트는 분노에 휩싸여 몸이 부들부들 떨리고 있었다.

"당신은 이승에서의 진실되지 못하게 쌓은 명예와 권력이 언제까지나 유지될 거라고 생각한 모양이군요. 하지만 당신은 자료 조작을 한 과학자로서 명성이 아주 드높아질 것입니다." 에렌하프트는 마지막 말을 남기고서 연구실 문을 신경질적으로 세게 닫으면서 떠났다. 밀리칸은 연구실 의자에 털썩 주저앉아 노벨상 메달을 쳐다보았다. 허탈한 표정의 밀리칸은 연구실 밖의 창밖으로 메달을 던져버렸다. 어느새 노을이 지고 있는 시간이었고 메달은 노을 빛 속에서 더욱 빛나고 있었다.

과학, 더 이상
흩어져서는 안 된다

이혁준 / KAIST 무학과 2010학번

| 과학, 더 이상 흩어져서는 안 된다 |

이혁준 _ KAIST 무학과 2010학번

현재 사회는 다양하게 분야가 나누어져 있다. 이렇게 분업화를 하면서 각각의 분야에서 전문적인 사람들이 양성되고, 그만큼 효율이 좋게 생산을 할 수 있기 때문이다. 이런 사회를 반영하기라도 하는 듯, 현재의 학문도 다양한 분야로 나누어져 있다. 예를 들어 생물학은 유전학, 세포생물학 그리고 생화학 등 많은 분과가 존재하며 생물학이 갈수록 발전하면서 더 많은 분과가 생기고 있다. 하지만 이런 학문의 다양한 분화가 과연 사회의 발전에 효율적으로 이바지하고 있지 못한다. 자신의 전공과 관련이 없는 분야는 거의 문외한으로 간주해도 무방한 상태이다. 이런 과학의 분화가 가지고 있는 단점을 보완하기 위해서 여러 분과들이 융합하여 연구를 진행하고 있는 트렌드이다. 융합과학이 있어야 하는 이유는 첫 번째로 한 가지 분야의 학문도 다른 여러 분야의 집합인 경우가 있고, 두 번째로 여러 분야가 모이면 새로운 분야를 만들 수 있으며, 마지막으로 다양한 방법으로 문제를 해결할 수 있다.

먼저, 로봇공학의 경우를 보면 단순히 한 가지 분야의 학문만을 필요로 하지 않다는 것을 알 수 있다. 로봇을 만들기 위해서는 간단히 역학, 기계공학은 기본으로 필요하며 현재는 화학, 생물학까지 필요로 하고 있다. 특히, 요즘은 생체 모방기계라고 하여 곤충과 동물들의 모습을 모방하여 다양한 목적의 로봇들을 만들고 있다. 다른 예로는 생화학공학이 있다. 우리나라의 많은 대학들이 가지고 있는 과인데 생화학공학 혹은 화학생명공학으로 불리고 있다. 이 분야는 기본으로 화학공학의 성격을 가지는데 생물을 재료로 다양한 생산물을 만드는 학문이다. 생물을 분석해야 필요한 재료나 이론을 구할 수 있기 때문에 생물학을 필요로 하며, 이를 기반으로 공정에 들어가기 위해서는 화학을 필요로 한다. 따라서 이러한 예를 보면 현재의 분과에도 여러 가지 학문이 모인 것이 많다. 여러 가지 학문들을 유기적으로 연결함으로써 한 분과에서 가지고 있는 한계를 뛰어넘고 서로의 단점을 보완할 수 있다.

그리고 여러 분야를 융합함으로써 새로운 분야를 만들 수 있다. 새로운 분야를 만든다는 것이 비단 새로운 분과를 만드는 것에 한정되는 것이 아니라 새로운 제품, 이론을 만들어 낼 수 있다는 것이다. 이 점이 가장 부각되는 것이 디자인과의 결합이다. 과거의 많은 공학자들은 제품의 성능과 효율에 초점을 맞춰왔다. 하지만 소비자들은 제품의 소소한 성능과 효율의 차이에 신경을 쓰기 보다는 디자인이 좋은 제품을 구입하기 시작하였다. 그래서 최근 들어 디자인의 중요성이 부각되고 있고, 이러한 소비자의 욕구를 만족시키기 위하여 산업 디자인학과도 개설되었다. 기존에 있는 디자인학과가 이 일을 대신할 수 있었지만 과학과 공학의 기본적인 이해가 없는 디자인은 구현시킬 수 없는 죽은 디자인이 되는 경우가 많았다. 따라서 기존에 존재하는 별개의 분과로 대체하는 것보다 서로 연관된 분과가 융합되는 것이 더 효율적이었다. 더 극단적인 예는 법학과 공학의 융합이다. 통신 매체의 발달로 전 세계적으로 정보가 공유되면서 표절이 많아졌다. 특히, 산업분야에서 표절을 함으로써 부당한 이익을 취하는 경우가 많아졌는데 이를 막기 위해서는 제품의 표절여부를 구분할 수 있는 기본적인 과학적, 공학적 지식이 있고 관련법을 이해하는 인력이 필요하였다. 미국의 실리콘 밸리에서는 이런 과학적, 공학적 지식을 이해하고 법학적 지식을 지닌 인력을 많이 양성하여 회사의 지식재산을 지킬 수 있었다. 현재, 우리나라에도 로스쿨 제도가 들어옴으로써 두 가지 분야의 지식을 이해하는 인력이 양성되고 있다. 이런 예들을 보면 여러 분야를 융합함으로써 새로운 분야를 만들고 기존에 존재하고 있는 분야보다 더 전문적으로 일을 처리할 수 있다.

마지막으로 한 가지 문제에 대해 여러 가지 해결법을 찾을 수 있다. 간단한 예로 호수에 있는 물을 정화하여 사용하는 경우를 보면, 단기적으로는 물리적 방법을 이용하여 바로 필요한 물을 구할 수도 있다. 장기적으로 볼 때는 화학과 생물학을 이용함으로써 전 호수를 정화하는 방법을 사용할 수도 있다. 분명 학문별로 문제에 접근하는 방법은 다르지만 상황에 따라서 문제를 다르게 해결할 수도 있고, 근본적인 문제를 해결할 동안 단기적으로 문제를 처리함으로서 현실에서 구현시키기 용이하다. 이렇게 문제를 다양한 학문으로 해결하는 예는 주변에서 더 찾아볼 수 있는데 바로 수술과 약이다. 어떠한 병을 치료하기 위해서 사용되는 치료법은 물리적으로 치료하는 수술과 화학적, 생물학적으로 치료하는 약물치료가 있다. 이런 간단한 예를 통해서 보았을 때, 분명 문제를 한 가지 방법으로 해결하는 것은 별로 좋은 방법은 아니다. 문제는 환경에 따라서 바뀔 수도 있으며, 적용하는 방법에 따라 여러 가지 결과가 도출될 수도 있다. 물론 경우에 따라서 필요한 결과가 다를 수도 있다.

　분업화는 전문적인 인재를 양성하여 분야별로 유기적으로 연결함으로써 효율적으로 일을 처리할 수 있는 좋은 방법이다. 하지만 완벽하게 분화될수록 유기적으로 연결되기가 힘든 단점이 있다. 따라서 이러한 분업화의 장점을 살리기 위해서는 융합이 필요하다. 더 이상 한 가지 학문만이 필요한 일을 찾기 힘들다. 그리고 여러 분야를 융합함으로써 만들 수 있는 분야는 무궁무진하다. 특히, 이렇게 융합된 학문으로 한 가지 문제를 다양한 방법으로 해결할 수도 있다. 지금도 많은 분야들이 새롭게 개척되고 있고, 다양한 학문들이 세상에 등장하고 있다. 하지만 무분별한 세분화를 통해 문제를 해결하려는 노력보다 다양한 학문을 융합하여 문제를 해결하는 관점을 넓히는 것이 더욱 효율적이다. 과학은 나라의 산업을 발전시켜 부강하게 만드는 학문이다. 이러한 과학이 강해지려면 더 이상 무분별한 세분화만 반복해서는 안 될 것이다. 이제는 과학을 모으는 것이 답이다.

전기에너지와 인간 그리고 과학

이현정 / KAIST 생명과학과 2010학번

| 전기에너지와 인간 그리고 과학 |

이현정 _ KAIST 생명과학과 2010학번

일주일 전 한국에는 전대미문의 사태가 일어났다.

아무런 예고도 없이 전국에서 순차적으로 발생한 강제순환 정전사태는 단시간에 전 국민을 충격과 혼란으로 몰아넣었다. 일부 지역에서는 교통신호등이 꺼져 운행 중인 차들이 극심한 혼잡을 빚었고, 아파트에서는 사람들이 엘리베이터에 갇혀 공포에 떨어야만 했다. 병원에서는 수술 도중 정전과 기기의 멈춤으로 환자들의 수술이 중단되었고, 기업에서는 제품의 생산이 끊기고 기계와 설비들이 손상되는 등 경제적으로도 막대한 피해가 발생하였다.

그러나 이러한 충격과 혼란보다도 더 국민을 당황하고 어이없게 만든 것은 강제순환정전사태가 이루어진 바로 그 시점이 사실은 그보다도 훨씬 심각한 이른바 토털블랙아웃(total blackout-대정전사태)이 유발될지도 모를 절체절명의 순간이었다는 사실이다.

추후, 강제순환정전 당시의 예비전력이 기존에 알려진 343만kw가 아니라 사실은 24만kw밖에 되지 못한 것으로 추정된다는 지경부의 발표가 세상에 알려지면서 국민들은 또 한 번 뒤늦은 공포를 맛보아야만 했다. 전력거래소에서 처음 주장한 예비전력 343만kw에는 5시간의 예열 후에야 비로소 발전 가능한 전력 202kw와 여름철 기온상승으로 인한 발전효율 저하로 발생하는 전력손실량 117만kw가 포함되어 있었다. 그러므로 예상전력이 실제보다 과대 계산되어 있었던 것이다. 따라서 실제 가용한 예비전력은 343만kw에서 이들을 제외한 24만kw가 전부였다는 주장이다. 그러나 이도 추정치일뿐, 사용가능한 정확한 예비전력이 실제로 얼마나 남아 있었는지에 대해서는 아무도 아는 바가 없다. 당시의 더운 날씨를 고려하면 수십만 kw의 예비전력쯤은 얼마든지 순식간에 소진될 수 있는 극히 미미한 전력량이었다. 따라서 언제든 토털블랙아웃이 일어날 수 있었던 참으로 아찔한 순간이었다.

전국의 전기가 바닥나버리는 토털블랙아웃이 되면 발전기의 가동이 중단될 뿐 아니라, 발전기를 가동시키는 전력이 제로(0)인 상태가 된다. 발전소에서 발전기를 재가동시키기 위해서는 외부로부터 전력을 공급받아야만 하는데, 외부전력이 없으므로 결국 발전을 할 수가 없게 되는 것이다. 따라서 일단 토털블랙아웃이 되면 자체 전력을 스스로 일으킬 수 있는 가스발전소나 수력발전소를 가동해야만 한다. 그러나 수력발전기를 가동하기 위해서는 상당한 시간이 요구된다. 그 결과 극히 일부지역을 제외하고는 전력을 생산하기 위한 발전이 재개되는 데만 최소 사흘에서 일주일이 소요되며 그 기간 동안 국가의 핵심적인 산업시설들과 금융·정보·교통·통신망 등의 가동은 모두 중단된다. 따라서 국가적 대혼란과 대재앙을 맞이하게 되는 것이다.

이렇듯 오늘날은 한 순간도 전기 없는 세상, 에너지 없는 세상을 결코 상상할 수 없는 시대가 되어버렸다. 개발도상국에서는 발전을 위해, 선진국에서는 산업의 유지를 위해서 전기 에너지는 정말 중요하다. 그래서 각 나라마다 전기의 안정적인 수요를 확보하고 조금 더 효율적인 전기의 생산을 위해 노력하고 있다. 그 결과 오늘날에는 전기를 발생시키는 매우 다양한 방식의 발전이 개발되었다.

현재까지 인류의 과학기술로 개발된 대표적인 발전방식으로는 화력, 수력, 원자력, 조력, 태양력, 풍력 등의 발전 방식이 있다. 이중 수력과 풍력, 조력은 수량과 바람, 조류라는 자연적, 지리적 특성들이 뒤따라야만 발전이 가능하다. 태양발전 역시 일조량이 어느 정도 확보되는 지역에서만 그 발전이 소기의 목적을 거둘 수 있다. 그래서 우리나라를 비롯한 많은 나라들이 화석연료를 기반으로 하는 화력발전에 주로 의존해왔다. 그러나 화석연료를 이용한 발전은 지구 온난화의 문제를 일으키며 인류에게 또 다른 재앙의 씨가 되고 있다. 결국 자연적 제한과 지구온난화의 문제를 넘어서서, 청정한 전기에너지를 그것도 값싸고 효율적으로 얻을 수 있는 방안은 현재 원자력을 제외하고는 거의 없다. 즉, 오늘날의 과학기술 수준으로 볼 때, 현재까지 전기를 가장 저렴하게 발전할 수 있는 것이 바로 원자력인 것이다. 이러한 이유 때문에 오늘날 산업이 발달한 대부분의 나라들이 원자력발전의 유혹을 거의 뿌리치지 못하고 있다. 그 결과 현재 전 세계에서는 약 30개국이 원전을 운영하고 있다. 이들 국가 중 원전 발전량이 가장 많은 나라가 미국이며 그 뒤를 프랑스, 일본, 러시아, 한국, 독일 등이 뒤따르고 있다.

원전의 이러한 장점에도 불구하고 원전 건설과 발전 후의 부산물인 핵폐기물의 처리, 운영상의 안전에 대한 문제 등을 총괄적으로 살펴 그 비용이나 희생까지 감안한다면 사실 발전의 상대적 우월성에 대해서는 상당한 의문이 생긴다. 특히, 체르노빌과 후쿠시마의 원전사태를 경험하면서, 원전은 장기적으로 볼 때 인류에게 득이 되기보다는 해가 되는 느낌이 들기도 한다.

특히 올해, 후쿠시마 원전사태를 경험하면서 일본인들은 핵 발전의 공포를 절실히 절감하였다. 엊그제 일본에서는 원전을 폐기하기 위한 시위에 수 만 명이 참여하였다. 조용하며 차분한 국민성으로 알려져 있는 일본에서 자발적으로 집회에 참여하는 인원이 수만 명에 이르렀다는 점이 후쿠시마의 원전사태 이전과 이후의 일본인들의 태도의 변화를 실감하게 한다. 과거의 원폭피해로 인해 가뜩이나 핵에 민감한 일본인들에게 후쿠시마 원전사태는 '핵을 이용한 과학문명은 인류에게 축복이 아니라 재앙'이라는 생각을 갖게 하는 결정적 계기가 되었다. 따라서 앞으로 상당기간동안 일본에서 핵발전소를 다시 짓는 일은 일어나지 않을 것으로 보인다. 실제로 세계 3위의 원자력 대국 일본정부는 2030년까지 원전 14기 이상을 증설한다는 '에너지 기본 계획'의 재검토 의지를 밝혔다.

또한 후쿠시마 원전사태의 충격은 일본에만 국한되지 않고 세계 주요 원전국가들에게도 심각한 경고를 던져주게 되었고, 그 결과 상당수의 국가들이 원전을 두려워하게 되었다.

특히 독일은 2022년까지 자국 내의 원전을 완전 폐기하겠다고 선언하였다. 그러나 독일은 이미 과거에 이를 번복한 경험이 있어 과연 선언대로 탈 원전에 성공할 것인지는 좀 더 두고 볼 일이다. 한편, 미국을 포함한 그 외의 모든 다른 원전국가들도 내심 탈 원전을 하고 싶지만, 전력 확보라는 현실적 벽에 부딪혀 선뜻 탈 원전을 위한 노력을 하지는 못하고 있다. 아마도 앞으로 시간이 지나 원전사고의 공포가 어느 정도 잦아들면 원전이 안고 있는 위험을 무시한 채 또 다시 점차 원전의 유혹에

혹하게 될 것이다. 그리고 사실 그 예는 그리 멀리서 찾을 필요도 없다. 현재 우리나라가 바로 그 대표적인 국가 중 하나이기 때문이다.

한국 국민들이 크게 놀랐던 정전사태는 후쿠시마의 원전사태와 비교하면 비교할 수조차 없을 정도의 경미한 사안이다. 그러나 그 경미한 문제도 현실로 다가올 때, 사람들이 느끼는 공포와 고통은 상당하다. 우리나라에서는 앞으로도 전력부족의 사태가 재연될 가능성이 언제든 열려 있다. 그러한 사태는 며칠 전에 발생한 것과 같이 우리가 방심하기만 하면 단전의 가능성이 가장 낮다고 하는 이번 가을에도 당장 찾아올 수 있다. 특히 여름보다도 더 전력수요가 많은 한 겨울에는 그러한 우려가 더욱 크다. 이러한 위험에서 우리를 구해 줄 흑기사는 다름 아닌 단기간 안에 가동이 계획되어 있는 새로운 원전이다. 게다가 2013년에 가서는 계속되는 단전의 위험에서 어느 정도 벗어날 수 있을 거라고 믿고 있는데, 그 믿는 구석 또한 다름 아닌 바로 그때 쯤 새로이 가동되는 원전이다. 결국 우리는 지금 눈앞에 벌어지고 있는 단전이라는 현실적인 위험을 줄이기 위해 원전이라는 또 다른 더 큰 위험을 우리 앞에 끌어오려고 애를 쓰고 있다.

'사고 확률 100만분의 일'이라고 과학이 제시하는 원전의 안전성에 기대어서, 오늘날 전기에너지가 가져다주는 삶의 편리함과 풍요로움을 즐기라는 유혹을 온몸으로 받아들이며, 바로 이웃 일본이 겪고 있는 원전피해의 엄청난 고통을 짐짓 외면해가면서, 그렇게 매일매일의 삶을 살아가고 있는 것이다.

전기 에너지의 유혹에서 벗어날 수 없는 오늘날의 우리 인간들은 단전의 공포와 원전의 공포를 두루 경험하였다. 그리고 지금까지도 여전히

이 양자 사이를 오가며 어떤 것이 더 나은 선택인지를 고민하고 있다.

국가적 차원에서 볼 때, 원전의 가동을 통하여 국가가 필요한 전기의 상당부분을 메우고 있는 주요 전력소모 대국들도 전력공급과 관련해서는 이러한 측면에서 심각한 고민을 하고 있다. 이들 국가들은 과연 원전을 포기할 것이냐 아니면 단전을 감수할 것이냐의 이분법적 결정에서는 쉽게 그 결정을 내리지 못한다. 그 결정으로 인한 어떠한 선택도 엄청난 국가적 재앙과 국민의 고통을 가져다주게 됨을 너무나 잘 알기 때문이다.

이러한 문제를 해결할 수 있는 유일한 방법은 결국 이를 획기적으로 극복할 수 있는 새로운 차원의 과학기술의 개발과 적용밖에 없다. 전기에너지의 발전과 관련한 새로운 차원의 신기술의 개발만이 에너지 위기에 몰린 전 세계 인류를 다시 원상태로 복원시킬 수 있는 마지막 탈출구인 것이다. 따라서 이러한 기술들이 한시바삐 개발될 수 있도록 관련 과학자들을 비롯한 이 분야의 전문가들의 개별적인 노력이 필요하며, 국가와 대학, 연구소와 기업들의 보다 적극적인 관심과 지원, 그리고 투자가 절실하다. 또한 개발된 신에너지의 사용 인프라 구축에도 정부가 앞장서야 한다.

금세기 들어 인류의 생존에 가장 심각한 위협으로 받아들여지고 있는 화석연료에 의한 지구온난화문제를 넘고 핵 방사능의 위협을 건너, 모든 인류가 필요한 전기에너지를 충분히 감당할 수 있는 저원가로 언제 어디서든지 필요한 양만큼 충분히 제공할 수 있는 그날이 속히 오기만을 간절히 기대해 본다.

19세기 사람들이 상상한 21세기

현우진 / KAIST 수리과학과 2006학번

현우진 _ KAIST 수리과학과 2006학번

"드디어…… 완성했다."

앞에서 앵앵거리는 무언가를 보면서 꾀죄죄한 남자는 격동에 떨었다. 덥수룩한 머리와 삐뚤빼뚤한 수염, 좔좔 흘러내리는 때 등은 그가 얼마나 이곳에 매진해 있었는지 알려주는 모습이었다.

사실 몇 년이 지났는지 그도 몰랐다. 1866년[1], 천주교에 대한 대대적인 탄압에서 도망친 이후, 그가 이하응[2], 그 비루먹은 강아지에 대한 증오심으로 연구를 계속한지 어언…… 그저 그를 지탱해 주는 것은 순교한 형제들에 대한 거룩한 복수심뿐이었다.

물론 그런지 어언 수년? 수십 년? 피해망상과 강박, 자폐 등에 시달리던 그는 실험을 계속하면서 점차 큰 꿈을 가지게 되었다. 그는 밖으로 나간 후에 천주교의 교세를 모아서 정도령[3]이 되어볼 생각이었다. 그리고 그것을 바탕으로 조선을, 아니 더러운 이씨의 그 이름을 버리고, 구려[4]를 계승하여, 저 예전의 신성제국처럼 국교를 천주교로 선포할 생각

---

1) 병인박해가 일어난 해.
2) 흥선대원군의 이름.
3) 정감록에 언급된 "진인", 직접적으로 언급되지는 않았으니 많은 민초들이 믿어왔던 모양.
4) 구려 = 고려 = 고구려

이었다. 어차피 지금의 그를 아는 사람은 아무도 없었다. 형제자매? 가족? 친지? 전부 대원군에 의해 몰살당한지 오래였다. 성씨야 바꾸면 그만이니까.

세상에서 단절된 상태로 혼자서 밀폐된 실험실에 박혀서 연구하던 사람이라면야 으레 경험해볼만한 병증들이지만 그는 정도가 심했다. 물론 그에게는 그 꿈을 이룰 힘도 함께 있었다.

"이것과 함께라면 불가능한 것은 아니지."

그는 생각을 이어갔다. 눈앞의 이것과 함께라면 무엇이든지 가능했다. 이것을 위하여, 이것의 생산을 위하여 그는 셀 수 없는 많은 시간을 바쳤다. 그리고 드디어 이것들이 대량으로 번식하기 시작했다.

그는 눈을 들어 주위를 둘러보았다. 처음에는 그들이 몰래 미사를 드리기 위해 만든 공간이었다. 그러나 이곳에 대해 아는 사람이 모두 죽은 이후로, 그 공간아래는 실험실이 되었다. 그래, 복수를 위해서.

'복수를 하고 싶나?'

그때의 그 목소리가 다시 들리는 것 같았다. 모든 것을 잃고 도망쳐 온 그에게 그 신부는 구원의 손길을 내밀었다. 지금 생각해보면 그는 신부가 아닐지도 몰랐다. 그러나 적어도 그에게 있어서는 고해성사보다도 더한 도움, 그래, 그것이야 말로 구원이었다.

신부는 스스로를 魅狓囚土八來水[5]라고 했다. 정말 어려운 이름이었기에 그는 신부를 '매파'라고 부르곤 했다. 그와 복수를 중계해준다는 의미에서 그만큼 어울리는 이름도 없었으니까. 매파는 모르는 것이 없었다. 매파는 없는 것이 없었다. 가장 잔인하고 끔찍한 복수를 원하는 그

---

5) Mephistopheles를 임의로 한자로 바꾼 것.

에게 매파는 파리들을 주었다. 고작 파리? 처음 그는 비웃었다. 그러나 그 파리 몇 마리가 거대한 소를 넘어뜨리는 모습은 그에게 충격이었다.

매파는 말했다. 이 파리들은 강하다고, 그러나 수명이 짧고, 많이 만들 수가 없다고. 그래서 서양에서는 이것이 '암살'-그는 그 더러운 단어를 입에 담고 싶지는 않았다-용으로 쓰인다고. 그러나 이곳, 조선에서라면 이것들의 서식환경이 가장 걸맞기 때문에 대량으로 생산할 수도 있다고.

그러면서 매파는 그에게 서양의 연금술이라는 것부터 시작해서 이것 저것 가르쳤다. 그가 익숙해질 때쯤, 매파는 여러 가지 장비들과 동물들, 그가 쓸 수 있는 의복, 식량 등 무엇이든 구해다 주었다. 일 년…… 이 년…… 성공을 눈앞에 둔 시점, 매파는 일이 있다며 작년 이맘때 쯤 그의 고국으로 떠났다. 남자의 복수가 성공하기를 빈다는 말을 남기고 그리고 그 이후로도, 생각하기 싫은 고난을 넘고 넘어, 드디어 그는 파리들을 양산하는 데 성공했다. 게다가 이 파리들은 그의 말만 들었고, 그에게는 공격을 가하지 않았다. 그야말로 완벽한 무기였다.

한 명이 할 수 있는 것은 아무것도 없다지만, 한 명과 함께하는 수천 수만 수억의 생명체라면 충분히, 그의 복수를 이루고 그의 꿈을 도와줄 수 있었다.

그는 눈을 들어 창밖을 보았다. 쏟아지는 햇살이 그의 새로운 시작을 축복해주는 것 같았다. 그는 갑자기 밖에 나가보고 싶어졌다. 가볍게, 아주 가볍게. 대원군에게 인사만 하고 와도 괜찮을 거 같았다. 조만간 찾아오겠노라고, 그 목 잘 간수하고 있으라고, 지난 몇 십 년의 울분을 담아 경고하고 싶었다. 대원군이 바르르 떨면서 흘러가는 시간을 증오하길 바랐다.

씻고, 상투를 말아 올리고, 옷을 걸친 그는 복주머니에 파리가 담긴 조그만 병 세 개를 담고는 밖으로 나섰다. 실험실은 땅 안쪽 깊숙이 있었다. 어떻게 이런 곳을 만들었누…… 그는 매파에 대한 경탄을 중얼거리고는 길을 나섰다.

*

그가 거주하던 산은 관악산[6] 어디쯤이었다. 문 밖을 나선 순간, 눈부신 빛이 그를 감쌌다.

- 뭐지?

그는 갑자기 호흡이 가빠짐을 느꼈다. 땅 속보다도 공기가 탁하다니, 마치 유황온천에 온 느낌이었다. 그런데 무엇인가 이상했다. 그가 아무리 오래 은거했다고 하더라도, 그의 눈앞에 펼쳐진 것들은 그로써는 이해할 수 없는 것들이었다.

조금 길을 걷다보니 건물들이 보였다. 그런데…… 그 좋은 한옥은 어딜 가고 죄다 양옥을 지었는지. 아니 그 전에… 이곳은 산 위가 아니었던가? 분명 산임에도 불구하고 비탈길들이 죄다 평평했다. 게다가 바닥에는 오돌토돌한 이상한 것들이 깔려있었다. 그 위를 걸어보았다. 무릎이 아팠다. 게다가 짚신이 푹푹 파이는 것이, 그다지 느낌이 좋지 않았다.

- 미투리[7]를 신고 왔어야 되었나.

6) 풍수지리적으로 한양 도성의 위협이 되는 위치와 크기의 산, 특히 화의 속성을 띠고 있다고 한다. 이를 막기 위해 한양 설계시 관악산보다 높은 북한산을 진산으로 삼아 기세를 누르고, 남대문을 지어 화기를 막으려고 했다.
7) 삼·모시·노(실·삼껍질·헝겊·종이 등으로 가늘게 꼰 줄) 등으로 삼은 신. 삼신이라고도 한다.

허나 이미 나온 것은 나온 것. 이제 와서 돌아갈 수는 없었다. 일단 아무에게나 지금이 어디고 여긴 어디인지 다시 한 번 물어봐야지……라고 다짐할 무렵, 갑자기 뒤에서 천둥과도 같은 소리가 들려왔다.

띠- 띠-- 끼이이익

"야이 ****** 야! 차도를 걸어가면 어떻게?"

- 차도?

그는 고개를 들어 뒤를 보았다. 그리고 놀랐다. 나무가 아닌, 눈부신 이상한 모양의 물체에서, 사람의 얼굴만이 밖으로 튀어나와 그를 향해 욕을 하고 있었다. 마음 같아서는 병 하나를 던져버리고 싶었지만. 아무래도 오랜만의 세상나들이다보니 모르는 것이 많은 거 같아, 그는 성질을 참고 옆으로 옮겼다.

부르르릉

"똑바로 살아 ******* 지금이 무슨 *****"

그 물체의 옆에는 동그란 것이 달려있었고, 물체는 굉음과 함께 그에게 나쁜 공기를 뿌리며 멀리 사라져버렸다.

- 어떻게 움직이는 것일까.

안에 사람이 타고 있는 것으로 보아, 저것은 가마의 일종임이 분명했다. 신기한 것은, 가마를 움직이는 사람이 보이지 않았다는 것이다. 혹여, 그 사이에 유행이 바뀌어 가마의 밖에 북청사자[8] 탈춤처럼 덮어버리도록 바뀌었나? 그렇다고 하기엔 저것은 너무 빨랐고, 너무 딱딱해 보였다. 가마를 쇠로 만들려는 시도가 없었던 것은 아니었다. 다만 사람이 힘을 쓸 수 없으니까 그렇지.

---

8) 탈춤에 필요한 도구인데, 밖을 완전히 천으로 덮어서 사람이 보이지 않도록 만든 옷

- 혹시 마차 비슷한 것일까.

그렇다면 가능성이 있었다. 그렇지만 사방이 갇혀있는 공간 안에서 말이 달릴 가능성은 희박했다. 그건 사람도 마찬가지였다. - 그럼에도- 그의 머릿속에는 수많은 의문이 나뒹굴었다. 그는 머리를 털면서 가능성들을 일축했다. 수십 년만의 바깥나들이이다. 그가 생각하기에도 최소한 20년 이상은 지난 것 같았다. 아니 어쩌면 30년까지도…… 대원군이 살아있을 까 의문스럽기는 했지만, 그의 후손들에게 쓴 맛을 보여주는 것도 상관없었다. 처음과는 다르게, 그의 목적은 변질되었으니까.

*

세상은 너무 이상한 게 많았다.

일단 첫 번째로 이해할 수 없는 것은 사람들이었다. 죄다 상투를 밀어버린 것이, 선비들이 보면 한탄을 하고 땅을 칠 것이었다. 아니 그 전에 너무 덩치가 컸다. 하나하나가 마치 각 마을의 장사를 보는듯한 느낌이었다. 적어도 그가 살던 시대에 이렇게 많은 사람들은 없었다. 게다가 여자들이 너무 많이 보였다. 그것도 낮에. 초경 풍습9)이 낮에도 적용된다고 보기엔, 사람들은 너무 스스럼없이 말하면서 돌아다녔다. 게다가 그들은 지나가면서 힐끔힐끔, 그를 보면서 웃어 제쳤다.

- 옷도 이상하게 입는 것들이.

옷이 엉망이었다. 어디 감히? 한복을 벗어던진 것은 그러려니 할 수 있었다. 그런데 남자고 여자고 간에, 특히 여자들. 옷을 입었는지 벗었는

---

9) 조선시대 후기에 시행했던 풍습으로, 밤 8시~12시까지는 여자들은 밖을 마음껏 활보할 수 있고, 그 때 여자들에게 접근해서 말을 거는 남자들은 엄벌에 처해졌다 함.

지 모르는 느낌이었다. 속저고리에 속치마만 입어도 저것들 보다는 더 옷을 많이 입고 있을 거 같았다. 당장이라도 달려가서 호통을 치고 싶었지만-그리고 그의 자존심을 충족시키고 싶었지만- 그랬다가는 그의 원대한 계획이 무너질지도 몰랐다.

그 외의 세상의 모든 것은 그에게 어울리지 않았다. 목이 아플 정도로 높은 건물들, 사용처를 알 수 없는 기둥들-그는 장승이라고 생각했지만, 그렇다고 보기에는 너무 많이 박혀있었고, 너무 가느다랗고, 너무 딱딱했다.-길가에 굴러다니는 정체모를 것들, 알 수 없는 나무들, 감히 길을 발발거리며 돌아다니는 개들, 아직 관악산을 벗어나지도 못했는데, 그는 지쳐있었다. 오랜만의 세상 나들이라서 모르는 것이 많을 거라고는 각오하고 있었지만, 아무것도 알 수 없었다. 그가 아는 것은 그저-저기 사람이 있구나. 여기 길이 있구나. 네 살, 천자문을 떼기 위해 처음 책을 펼쳤을 때, 혹은 몇십 년(아마도) 전, 파리를 연구하기 위하여 매파의 가르침을 받았을 때, 그 이상으로 막막함이 그를 감싸왔다. 짜증이 솟구치기 시작했다. 고고한 조선의 기상은 다 어디 가고, 이상한 것들만 여기 널려 있는가. 마치 이건 건너 건너 말로만 듣던 서양 사람들의 모습 같았다. 서방의 사람들은 옷을 벗고 다닌다더라. 서방의 사람들은 불을 뿜는 물체를 타고 다닌다더라. 서방의 사람들은……

"저기요……"

-?

그는 놀라서 뒤를 돌아보았다. 인간-머리모양이나 옷으로는 잘 구별되지 않지만, 가슴의 굴곡으로 보아 아마 남자로 추정되는- 하나가 쭈뼛쭈뼛하면서 그에게 말을 걸고 있었다.

"혹시 시골에서 오셨어요? 아니면 사극 찍으시나요? 아니면 혹시 몰래카메라?"

그는 그 인간의 말을 이해할 수 없었다. 아니, 하나는 이해할 수 있었다. 시골?

– 아니 그전에……

그는 목소리가 탁해짐을 느꼈다. 말이 미묘하게 어긋나는 거 같고, 발음이나 성조도 이상했다. 그렇지만 업어 치나 메치나, 이곳이 조선임은 맞는 것 같았다. 모르는 단어들이 많긴 했지만 개항의 여파니 하고 넘어갔다.

"예?"

– 자네, 본 선비가 궁금한 게 있네만.

"아, 예예. 말씀하세요."

– 혹시 올해 신묘10)년인가?

"네? 아. 신묘년이요? 뉴스에서 본 거 같은데 이상한 말을 쓰시네. 네 아마 토끼의 해니까 맞을 걸요?

– 그렇다면 내 하나 물어봄세. 합하11)는 잘 있나?

"네? 아빠요? 저희 아빨 아세요?"

그는 멈칫했다. 설마 이 녀석이 이하응의 자식? 그렇다고 보기엔 너무 어려 보였다. 그가 은거할 때만 해도 고종의 나이가 15살이었고, 그로부터 몇 십 년(그는 24년 정도로 예상하고 있다)이 지난 지금은 거의 불혹이 되었을 시점이었다. 그런데 이제 와서 이렇게 어린 자식을 둔다는 것은 문제가 있었다. 아마도, 지금은…… 이하응이 죽었거나…… 혹은……

10) 60갑자로 표시된 년. 1891년, 1951년, 2011년이 신묘년이다.
11) 대원군을 당시에 호칭하던 말. 대원위, 합하, 대감.

밀려났거나.

그렇다면 함부로 예전의 이름을 들먹이는 것은 소용이 없었다.

 아니네, 여기서, 경복궁까지 가려면 어떻게 가야하나? 그러니까. 조선의 궁궐 말일세.

"이 아저씨 진짜 어려운 말만 쓰시네, 알아듣기 힘들어요. 여긴 어떻게 오셨어요? 경복궁? 음…… 거기 좀 먼데. 아는 사람이 있나요?"

 아아, 거길 가면 본인을 알아볼 사람이 있을 걸세.

"아 그럼 제가 모셔다 드릴게요. 저 안 그래도 봉사활동 채워야 하거든요. 보아하니 청학동에서 오신 거 같은데 나중에 사인 좀 해주세요."

 아 그럴 수 있겠나? 사인? 그게 뭐지?

"이 아저씨 진짜 사극 빠돌이던가, 이렇게만 살아오셨나. 아무튼 잠시만 기다려주세요.

 그럼 부탁하겠네.

잘 사는 집인가 보군. 인력거를 불러주려고 하는 건가. 이 기회에 이것저것 물어봐야겠군.

그런 그의 자신감은 잠시 후 깨졌다.

*

우우우웅

그도 자존심이 있었다. 선비로써, 그리고 정 도령을 참칭할 자로써.

그렇지만 저 크고 웅장한 것 안에 들어간다는 것은 도저히 참을 수가 없었다.

아니, 그냥 마차라고 생각하자. 마차라고 생각하자. 하지만 들어가고 나서 "문을 닫으셔야죠!!"라는 말에 헤매고, "벨트 안 메세요?"라는 말에 헤매고 그냥 멍 하니 앉아 있다 보니 갑자기 가마가 움직이기 시작했다.

－어…… 어……

"차 처음 타보세요?"

－이게 뭔지는 몰라도, 처음인거 같네만. 세상에는 신기한 것들이 많군.

"우와, 진짜요? 오랜만에 서울 오신 거예요?"

－음. 정확하지는 않네만, 아마 내가 은거할 때가 정묘년이었으니……

"어, 저도 정묘년 토끼띠에요! 헤헤. 제가 태어난 해라서 그땐 알고 있죠. 그 이후로 한 번도 서울에 안 오신 거예요?"

－아아, 방 안에서 공부만 했다네, 밥만 먹고, 밖으로 나가지도 않았다네.

"정말 신기하네요. 하긴 올림픽 이후에 한국이 정말 많이 발전했다고 하더라고요. 저는 어릴 때가 기억이 없지만……"

－올림픽? 한국?

"아, 아까 조선이라고 그러셨죠? 진짜 시골에서만 살다오셨나 봐요 나 친구들한테 자랑해야지. 지금은 한국이라고 불러요. 대. 한. 민. 국.

그는 문득 '그럼 지금의 왕은 누구냐'라고 묻고 싶은 것을 참았다. 어차피 경복궁에 가게 되면 다 알게 될 것.

…… 그리고… …시내란 곳은, 지옥이었다. 그럼에도 정말 신기한 것들이 많았다. 하늘을 날면서 불을 끄는 물건이라든가, 지나가는 길에 본 해우소? 이름은 비슷하지만 그런 곳에서는 사람이 머리를 이상한 물건

안에 넣고 있었다. 그러면 머리가 잘린다나 뭐라나. 그가 지금 타고 있는 이 가마는 휘발유? 석유?라는 것으로 움직인다고 했다. 석유란 것은 불만 붙여주면 말보다도 더 빨리 달리는 동물이겠구나. 라고 그는 이해했다. 그의 눈을 부시게 만드는 판자들도 있었다. 간판이라고, 전기로 이루어진다고 했다. 전기가 무엇이냐? 라고 물으니 석유로 만든다고 했다.

건물을 높게 지은 것도. 가마가 빠르게 움직이는 것도. 심지어 편지 말고, 전기. 즉 석유란 것을 이용하여 말도 전달할 수 있다고 했다. 학생은 그것을 "핸드폰"라고 불렀고, 그가 이해하지 못하자 "기계"라고 다시 말해주었다. 역시 한자를 섞어야 말하기 쉬웠다. 아무튼 "기계"를 움직이는 데는 석유란 것이 필요하다고 했다.

석유, 석유라. 잘 알아봐야 할 동물 같았다. 그가 은거한 지 24년, 세상은 석유란 것의 발견으로 그로써는 따라갈 수 없을 정도로 바뀐 것 같았다. 마치 매파에게 들은 "현자의 돌" 같았다. 사람들이 생각할 수 있는 모든 것을 이루어주는. 그래서 혹시 활도 석유로 쏠 수 있냐고 물어봤더니 어떻게 그것도 모르냐고 타박했다. 총(?)이란 것은 활보다 백 배는 빠르고 백배는 강하다고 했다. 조총 따위가, 물론 임진왜란 이후 그것의 활용성이 사람들에게 강조되기는 했지만 결국 공성전에서, 장기전에서 더 유리한 것은 활이었다. 아니면 그가 모르는 다른 방법이 있는 걸까..

흠칫, 그는 주위를 둘러보았다. 자세히 보니 주위의 모든 건물들이 하나하나 성처럼 보였다. 지금 시대는 수십 개의 성을 이용하여 공성전을 하는 것인가…… 그의 꿈이 이루어지기 어려울지도 모른다는 생각이 들었다. 아니, 아니야. 경복궁을 높게 짓지 않는 이상, 그리고 그 고리타분한 유학자들이 반대하는 이상 경복궁 주위에는 성을 쌓을 수 있을리 없었다. 왕보다 높은 건물을 그들이 용납할 리가 없었다. 그 전에. 그는 옆을 통통, 두드려 보았다. 이 마차는 매우 튼튼했다. 그렇다면, 이 마차들로 급한 대로 장애물을 쌓으면 어떨가? 그게 시행된다면 왕이 사는 곳을 공략하는 것은 쉽지 않을 수도 있었다. 그는 고민하기 시작했다.

*

"그…… 그럼 안녕히 계세요~"

－이게 말이나 되는 소리인가!

그를 이상하게 바라보던 학생이 황급히 떠나고 난 후, 그는 울부짖었다. 2011년? 그는 이해할 수가 없었다. 무슨 일이지? 무슨 일이야? 사람들이 주위에서 웅성거렸다. 그렇지만 그는 용납할 수 없었다. 그의 인생, 그의 청춘을 모두 바친 일이었다. 그런데 아니란다. 그가 살던 곳이 아니고, 그가 알던 곳이 아니란다. 정 도령이 될 수 없다는 것은 접어치우더라도, 그가 원하는 복수의 대상은 이미 사라진지 오래란다.

"잠시만 기다려주세요. 다들, 물러나 주세요."

"아저씨, 여기서 이러시면 곤란합니다. 술은 적당히 드셔야죠."

－이거 놓게! 내가 누군지 알고 이러는 게냐?

"후…… 많이 취하셨나 보네. 술 냄새는 그다지 안 나는데……"

"일단 연행해. 유치장에 넣어놓고, 술 깨면 다시 취조하자구. 일단 무전취식에, 기물파손에……"

그는 야경꾼들에게 끌려갔다. 이대로 가면 안 된다－는 내면의 생각이 들었지만 무시했다. 아까 그 학생이 거짓말을 한 것일 수도 있었지만,

그렇다고 보기엔, 이곳의 모든 것은 이해할 수 없는 것들 투성이었다.

"아저씨, 주민등록번호가 뭐에요?"

– ······

"아 진짜. 미치겠네. 자꾸 왜이래요 진짜. 우리도 힘들거든요?"

– ······ ㅎㅎㅎ

그래. 어쩔 수 없다. 세상은 힘을 가진 사람이 이기길 마련이다. 그렇기에 그도 짓밟히지 않았나? 야경꾼들이 고생하는 것도 알고, 죄가 없는 것도 알지만 어쩔 수 없었다. 이젠 그가 움직일 차례였다. 세상이 바뀐 것은 상관없었다. 생각해보니 파리는, 그의 무기는 어디든 공격할 수 있었다. 그리고 그건 중요하지 않았다. 언제 어디서나 불만을 가진 사람들은 있기 마련이고, 그는 그들을 이끌고 그를 중심으로 하는 새로운 세상을 만들면 되는 것이었다. 어차피 물건을 다루는 것은 아래 사람들이 할 일, 적응하기 어려운 세상이라고 힘들어 할 필요는 없었다. 그가 할 일은 사람을 다루면 되는 것이었다.

그는 복주머니를 뒤적이고는. 안에 있는 병을 꺼냈다. 그리고 한 개를 바닥을 향해 던졌다.

– 흐하하하하핫. 다 죽어버려! 감히 나에게!

나머지 두 개는 소중히 감춰놓았다. 이곳을 나간 후, 그의 집까지 돌아가는 동안 방해하는 자가 있을 때 쓸 계획이었다. 그런데······ 아무런 일이 벌어지지 않았다.

"뭐야 이 아저씨, 병을 감추고 있었는데?"

"야 위험해 위험해. 제압할까?"

응? 파리들이 풀려나서, 광란의 파티를 벌이고, 그 앞의 모든 것들이 쓰러져야 정상인데. 그는 놀랐다. 황급히 주머니를 열어, 다른 병을 보았다.

파리는 모두 죽어 있었다.

아니 왜지? 왜? 어째서? 머리를 쥐어뜯는 그는 다시 호흡이 곤란해지는 것을 느꼈다. 이 것 때문인가? 대체 왜? 매파의 말이 떠올랐다. "이 파리들은 조선에서 적합한 환경을……" 이곳이 조선이 아니라서 그런 걸까? 대체 왜? 어째서.

그는 속으로 울부짖었다. 차마 말이 밖으로 나오지 않았다. 꺽. 꺼억 꺼억…… 땅이 꺼지는 기분이 들었다. 땅으로 뛰어드는 것 같았다. 그는. 땅으로 빨려 들어가는 기분과 함께

잠에서 깨어났다.

- 음……

온 몸이 식은땀으로 젖어있었다.

- 꿈이었나? 그는 문득 복주머니를 만져보았다. 병이 한 개 남아있었다. 열어보았다. 파리들이 전부, 죽어있었다. 친구들의 죽음을 아는지, 파리들이 울부짖기 시작했다. 고개를 들어 옆을 보았다. 갑자기 그것들이 역겹게 느껴지기 시작했다. 어차피 이하응도 곱게는 안 죽는다. 어차피 정 도령은 나타나지 않는다. 어차피…… 어차피…… 그는 파리들을 모두 없애버렸다.

그리고는 붓을 들었다. 무엇이든 남기지 않고는 미쳐버릴 거 같았다.

*

1891년 3월.

"어이, 아저씨. 여기 내 자리거든?"

한양 바깥쪽, 거적때기를 핀 거지들 사이에 자리다툼이 벌어졌다. 높으신 분들이 온다고 해서 한양에서는 대대적인 청소가 벌어졌고, 그 와중에 죽어나는 것은 힘없는 약자들뿐이었다. 거지들 사이에서도 그건 마찬가지였다.

"언니, 이 늙은이 죽었나본데?"

"비켜봐,"

거지 대장은 널브러진 사람을 뒤적였다. 흔한 일이었다. 죽으면 끝이고, 그의 물건은 살아있는 사람들에게 더 유용하게 쓰일 수 있었다. 그리고 왕거지는 그 시체(?)에게서 몇 십 장의 그림을 찾을 수 있었다. 그는 그림을 열어보았지만, 무엇을 의미하는 지는 전혀 할 수 없었다.

어떤 그림은 검은 연기를 뿜는 마차 같은 것을 그렸고, 어떤 그림은 사람들이 짚신 대신 발아래 바퀴가 달린 이상한 것을 신고 돌아다니고 있었다. 또 다른 것은 멸화군12)들이 하늘을 날아다니면서 불을 끄고 있었다.

"언니"

"이거…… 뭔지 모르겠지만, 돈 되겠는데?"

어린 시절을 부잣집 대감 집에서 보내다가 쫓겨난 왕거지의 안목은 달랐다. 그는 이 그림의 재료가, 그리고 재질과 상태가 좋은 것을 느꼈

---

12) 조선시대의 소방관

다. 그렇게 그는 그 그림들을 아는 장사치에게 10냥(콩 4석가량)에 넘겼고, 상인은 이것을 민비에게 진상하였다. 왕후는 그림에 매우 만족하여 왕궁에 걸어놓고 항상 들여다보았다.

이후 이 그림은 일제강점기 시절 밀수꾼에 의해 외국으로 팔려나간 후, 세계 각지를 돌고 돌아다니다가, 지금은 프랑스 모 박물관에 "19세기 사람들이 상상한 21세기"라는 제목으로 걸려있다고 한다.

사랑의 차원

현은정 / KAIST 무학과 2010학번

현은정 _ KAIST 무학과 2010학번

2011. 9. 20

물리학 강의 필기 내용

차원(次元)은 수학에서 공간 내에 있는 점 등의 위치를 나타내는 데 필요한 수의 개수를 말한다.

– 3차원: 보통 우리가 존재한다고 느끼는 공간. 우리는 한 순간에 한 평면만 관찰할 수 있다.

– 2차원: 평면 세상에 납작하게 붙어 있는 도형을 상상하라. 앞과 뒤, 위와 아래는 있지만, 좌우의 개념이 없다. 모든 도형의 한 선분밖에 볼 수 없다. 즉, 모든 사물이 다 같은 선분으로 보인다. 단지 사물이 가까이 다가오면 선분이 점점 길어지는 것으로 확인할 수 있다.

– 1차원: 선 위를 기어가는 개미를 떠올리면 쉽다. 시작과 끝이 없는 선 위를 걸으며 점밖에 볼 수 없다. 오직 어느 한 점을 따라갈 뿐이다.

– 0차원: 점 하나가 자신의 세계이고 우주이며, 그 외의 것은 의미도 개념도 없다. 길이와 폭, 높이가 없으며 오직 자신만이 전부이다. 모든 가능성을 자신의 관점으로만 받아들인다.

– 시간을 네 번째 차원이라고 말하기도 한다. 하지만 모든 운동은 시

간 축 상에서 한 방향으로만 일어나는 것으로 인식된다는 점에서 시간은 다른 세 공간 차원과는 상당한 차이점이 있으며, 따라서 아리스토텔레스와 이후의 고전 물리학과 수학에서는 시간을 네 번째 차원이라고 생각하지 않는다.

PS: 다른 차원을 경험해보고 싶다면 사랑해보라.

2010년 3월. 아직 찬바람이 시샘하던 봄날.

처음 그를 본 것은 동아리에서였다. 그때 나는 3차원에 사는 평범한 대학교 새내기였다. 고등학교를 갓 졸업하고 스무 살이 되어 뭔가 특별한 일이 벌어질 거라고 예감하던 봄날이 이어졌다. 나는 새내기답게 동아리에 들어가기 위해 평소 몇 군데를 눈여겨보고 요리조리 재보기만 하다가 대부분 동아리의 면접을 놓쳐버렸다. 결국, 가까스로 작은 글쓰기 동아리의 면접을 보러 갔다. 면접 대기실에서 그를 보았다. 그는 나보다 한 학년 위의 동아리 선배였고 동아리 신입생 면접을 도와주러 와 있었다. 그를 처음 봤을 때 나는 유난히 빨갛던 그의 얼굴에 강한 인상을 받았다.

'저 사람 혹시 술 마시고 면접 봐주러 왔나? 이상한 사람 아냐?'

나중에 알고 보니 그 사람은 피부가 얇아 얼굴이 쉽게 빨개지는 것이었다.

2010년 10월. 2차원을 경험하다.

그 후로 동아리 활동을 하면서 매주 그를 볼 수 있었다. 183cm의 훤칠한 키, 털털하게 걷는 모양새와 우렁찬 목소리만큼 성격도 시원 털털

했다. 반면 나는 수줍음이 많고 가냘픈 이미지에 가까웠다. 나와 정반대인 그의 모습에 나는 천천히 끌리고 있었다. 처음엔 이제 저 사람이 조금씩 눈에 익나 보다 싶더니 그 모습이 내 마음속에 들어차기 시작했다. 이상한 일이었다. 3차원 세상에서 2차원으로 내려온 것만 같았다. 길가는 사람이 모두 그 사람같이 보인다. 스쳐 지나가는 옆 사람이 그의 옆모습과 비슷해 자꾸 돌아보게 된다. 앞에 가는 저 남자의 뒤통수가 왠지 그 사람인 것 같아 쭈뼛쭈뼛 서곤 한다. 거울 한 번 더 보게 되고 언제 어디에서 그가 나타날지 몰라 긴장하고 내심 기대하고 있다. 그리고 그가 내 마음을 가득 채워갈수록 나는 그 사람 앞에만 서면 바보가 되고 벙어리가 되었다.

2011년 1월. 동아리 겨울 MT

"그래서 너 내가 좋지 않다는 거야?"

그가 내 두 어깨를 부둥켜 잡고 내 눈을 똑바로 보며 말했다. 좁은 방 안에는 우리 둘뿐이었다. 어느 대학생 MT던지 밤이 되면 너도나도 취기가 잔뜩 오르기 마련이다. 술이 센 그도 오늘은 단단히 취한 모양이다. 나도 몽롱한 정신으로 그와 마주 보고 서 있다. 취했지만 떨리는 심장은 어쩔 수 없다.

"좋아. 좋은데 말이야……."

나는 30분째 핑계거리를 찾고 있었다. 솔직히 무서웠던 것이다. 처음이었다. 남자를 사귀는 것은. 분명히 내가 좋아하는 남자인데……. 비록 술에 취해서지만 그 남자가 지금 나한테 사귀자고 설득하고 있는데, 나는 무얼 주저하고 있는 거지?

그가 내 어깨를 더 세게 움켜쥐었다. 그리고 천천히 다가와 입맞춤했다. 그렇게 우리는 만나기 시작했다. 그 사람에게 고백 받고 사귄다는 사실이 너무 신기하고 행복했다. 그래, 비록 술에 취해서였지만…….

2011년 5월. 1차원에서 쉼 없이 달리다

하루하루가 교정에 흩날리는 꽃잎만큼이나 분홍빛이었다. 아침에 눈을 뜨면 그 사람 생각으로 하루를 시작했으며, 밤마다 꼭 수화기를 통해 들려오는 그의 목소리와 함께 잠이 들었다. 나는 그 사람을 지나치게 좋아했다. 그 사람이 가자는 데를 가고, 그 사람이 먹자는 걸 먹었다. 그 사람이 예뻐하는 옷을 입고 그 사람이 하자는 걸 했다. 항상 나는 그 사람보다 한발 뒤에서 그를 바짝 좇아갔다. 그저 그 사람이 좋아서 내가 지금 어디를 향해 가는지, 얼마나 왔는지, 어디가 시작이고 끝인지는 보이지 않았다. 이제 1차원 세상에 내려와 그의 발끝만 좇으며 그 사람이라는 점하나를 향해 쉼 없이 달렸다. 나에겐 앞과 뒤만 있었다. 주변은 눈에 들어오지 않을 만큼 정신없이 좋아했다. 그도 그랬을지는, 잘 모르겠다.

2011년 7월. 아집과 집착의 0차원

그가 나한테 소홀해진 것 같다. 연락도 예전처럼 자주 하지 않고 말투나 행동에서도 나를 더 이상 사랑하지 않는다는 것이 간접적으로 묻어나온다. 자존심이 상한다. 내가 이런 대접밖에 받지 못할 만큼 보잘것없는 여자인가. 오늘은 한 번만 더 나를 상처받게 하면 따지기로 결심했다. 만나자마자 곧 작은 꼬투리를 잡았다.

"미안해. 내가 다 잘못했어."

"뭘 잘못했는데?"

"내가 다 잘못했어. 다음부터 안 그럴게."

"그니까 뭐."

"아 잘 모르겠는데 내가 다 잘못했다고"

"뭘 잘못했는지도 모르면서 다음부터 뭘 안 그러겠다는 건데?"

그 사람은 정말 바보 같다. 귀찮으니까 그냥 미안하다고 사과하고 넘어가려 하는 것이다. 그와 싸우고 집으로 돌아와 분함을 이기지 못하고 언니를 앞에 두고 한참을 하소연했다.

"남자들은 원래 다 그런 거야. 죽었다 깨어나도 네 맘을 다 알 수 없다니까. 어쩔 수 없는 거야. 네가 이해해."

"아니야, 언니. 언니가 걔가 얼마나 어이없었는지 직접 보면 그런 말이 안 나올 거야."

언니의 말이 한마디도 귀에 들어오지 않는다. 들리는 건 내 마음이 하는 말뿐. 그것은 곧 내 생각. 그때 세상엔 나밖에 없었다. 오해는 의심으로 번졌고 나는 그걸 굳게 믿어버리며 그에게 집착하고 있었다.

2011년 8월 1일 자정 무렵

"하고 싶었던 말이 뭐야?"

그가 나에게 물었다. 쉽게 답할 수가 없었다. 사실 오늘 요즘 나를 슬프게 하는 이 사람에게 단단히 경고를 줘야겠다고 결심하고 나왔다. 일단 하고 싶은 말이 있으니 만나자고 하고 또 나를 서운하게 하면 그걸 빌미로 '너 자꾸 이런 식으로 하면 나 너 못 만난다.' 그렇게 으름장을 놓아 겁을 줘서 내 자존심을 지키고 싶었다.

"그냥 나중에 말할게."

"아니, 지금 말해봐."

이 녀석, 이제는 아주 집요하게 물어본다. 마치 그 말이 내 입에서 튀어나와주길 기다리는 것처럼. 내가 겁이 나기 시작한다. 진짜 끝나버리면 어떡하지?

"헤어지자고 하려고 했지?"

"아니, 그런 건 아니고 혹시 네가 이제 나를 별로 안 만나고 싶으면……."

"헤어지자."

안 그래도 조만간 말하려고 했는데 네가 상처받을까 봐 차마 말 못하고 있었다. 사실 MT에서 술을 과하게 마시지 않았다면 아마 너랑 사귀지 않았을 것이다. 뭐, 그다음엔 그런 말들이 이어졌던 것 같다. 그런데 지금 돌이켜보면 무엇보다 정말 화나는 것이 그때 나는 미소를 짓고 있었던 것 같다는 거다. 아무렇지도 않은 것처럼 약간 덜떨어진 아이 같이 그렇게 웃으면서 헤어졌다.

2011년 8월. 한 달간 칩거

나는 0차원에 갇혀버렸다. 나는 정말 사랑했는데 너는 왜 날 사랑하지 않는 거냐. 네가 다른 못된 여자를 만나봐야 내가 얼마나 좋은 사람이었는지 알 거다. 그때 가서 실컷 후회해라. 끊임없이 외쳤지만, 상대는 없었고 외침은 메아리가 되어 나에게 돌아왔다.

분노가 차츰 식고 미치도록 그리워지는 시점이 왔다. 사실 그때에 나는 몇 차원에 살았는지 잘 모르겠다. 나는 3차원에 있었지만 0차원에 갇혀 여전히 내 목소리만을 들었다. 그 사람을 머릿속에서 빼내기 위해 부지런히 다른 일에 몰두하면서 1차원에서 직선 위를 달렸지만, 2차원에 살 때처럼 눈앞엔 그 사람밖에 보이지 않았다. 그러다가 멍하니 허공을 응시하고 있으면 어느새 나는 어제와 내일을 드나들고 있었으며 시간의 흐름을 보는 것만 같았다.

2011년 9월 20일

너를 벗어나 다시 3차원으로 돌아오는 데까지는 꽤 힘들었어. 그리고 지금은 반년 간 사귀면서 좋아하지도 않았던 여자애한테 그 정도로 잘해줄 수 있었던 너의 인간성에 감탄하며 고마워하고 있어. 오늘 아침에 강의 끝나고 오는 길에 우연히 너랑 마주쳤을 때, 어색하게 손을 흔들고 지나가는 데까지 몇 초일뿐인 그 순간에 나는 어찌나 가슴이 떨리던지.

"오랜만이네."

너의 그 한마디가 얼마나 오랫동안 내 몸속을 맴돌았는지. 그런데 기분이 썩 좋진 않더라. 그리고 기분이 좋지 않다는 사실에 더 기분이 안 좋았어. 너를 만나기 전으로 완벽히 돌아왔다고 생각했는데 나는 아직도 너를 벗어나지 못한 거 같아서.

기억해? 너 항상 나를 보고 4차원이라고 놀렸었잖아. 나는 그때처럼 아직도 엉뚱한 상상을 하면서 시간 보내기를 즐기고 있어. 그리고 오늘 강의 듣다가 너와 만나는 동안 나는 참 다양한 차원을 경험했다는 생각이 들었어. 덕분에 오늘 수업이 중간고사에 출제되면 다 맞을 수 있을 것 같아.

　지금은 너랑 헤어지기 잘했다는 생각도 들고 다시 전으로 돌아가고
싶은 마음도 없지만, 가끔 내 찬 손발을 따뜻하게 덥혀주던 네 온기가
그립다. 그럼 안녕.

박성윤 / KAIST 물리학과 2008학번

고혁주 / KAIST 경영과학과 2008학번

배휘동 / KAIST 전산학과 2006학번

윤수현 / KAIST 생명공학과 2008학번

조재형 / KAIST 기계공학과 2010학번

원소연 / KAIST 산업 및 시스템공학과 2009학번

강우재 / KAIST 기계공학과 2010학번

김기덕 / KAIST 항공학과 2009학번

김다은 / KAIST 생명화학공학과 2010학번

김민유 / KAIST 기계공학과 2009학번

김봉준 / KAIST 생명화학공학과 2008학번

김연수 / KAIST 화학과 2010학번

김정연 / KAIST 무학과 2010학번

김지나 / KAIST 건설 및 환경공학과 2008학번

김필재 / KAIST 산업 및 시스템공학과 2009학번

박준우 / KAIST 화학과 2010학번

윤진희 / KAIST 바이오 및 뇌공학과 2010학번

이혁준 / KAIST 무학과 2010학번

이현정 / KAIST 생명과학과 2010학번

현우진 / KAIST 수리과학과 2006학번

현은정 / KAIST 무학과 2010학번

제3회 KAIST 과학 글쓰기 대회 수상 작품집
과학과 우리들의 행복한 만남 2011 【KAIST 학생 수상 작품집】

초판 발행 2012년 6월 15일

지 은 이 박성윤 외 20인
펴 낸 이 최종숙
펴 낸 곳 글누림출판사

책임편집 이태곤
편   집 임애정 권분옥 이소희 박선주
디 자 인 안혜진 이홍주
마 케 팅 박태훈 안현진
관   리 이덕성

주   소 서울시 서초구 반포4동 577-25 문창빌딩 2층(137-807)
전   화 02-3409-2055(대표), 2058(영업), 2060(편집)
팩   스 02-3409-2059
전자메일 nurim3888@hanmail.net
홈페이지 www.geulnurim.co.kr
등록번호 제303-2005-000038호(2005.10.5)

정   가 10,000원
ISBN 978-89-6327-197-2 04800
     978-89-6327-196-5(전2권)

출력·안문화사 **인쇄**·바른글인쇄 **제책**·동신제책사 **용지**·에스에이치페이퍼

* 잘못된 책은 교환해 드립니다.